날마다
아이를
파는 여자

날마다
아이를 파는
여자

남궁인숙 지음

오늘도 안녕, ────── 어린이집!

어린이집의 하루 일과와 호흡하면서,
세상을 향해 힘찬 도약과 전진이 있기를

바른북스

어린이집에서 벌어지는 소소한 일상을 〈원장님 알림 방〉 홈페이지 게시판에 틈틈이 시간 날 때마다 글을 작성하여 자연스럽게 어린이집의 일상을 부모와 함께 소통하는 공간으로 활용하였다.

어린이집 영·유아, 부모님, 교직원, 가족, 지인들이 주로 글의 소재가 되어 관찰일지를 작성하듯이 써왔던 글들은 세월을 더하여 묵직함을 남겼다.

독자층을 넓혀 브런치에 글을 기고하면서 글을 쓰는 동안 손가락은 춤을 추듯 미끄러지며 자판의 글자들 사이를 넘나들며 쉴 틈 없이 활기차게 줄넘기한다. 하루 일과의 관찰로 시작한 일이 중요한 일로 돌아와 지금은 의무와 책임감으로 무장하여 근면하게 쓰려고 노력한다.

글쓰기를 통해서 작가라는 명제 앞에서 어린이집의 하루의 일과를 관찰하면서, 그날의 특별한 의미 있는 소재들을 바탕으로 교훈을 남길 수 있는 이야깃거리를 제공한다.

아이들과 함께 살아가는 인생의 봇물 터지는 소재거리들은 종종 세상은 살만한 값어치가 있는 일이라는 것을 깨닫게 해준다. 지금 하는 일은 현재 진행형이지만, 아이들이 미래의 완성형 인간으로 성장하는 데 디딤돌 역할을 할 수 있다면 더할 나위 없는 기쁨이며 즐거움이다.

소명이 되어버린 나의 직업, 〈어린이집 원장 선생님〉은 한 번 살다 가는 인생의 선물이다.

하루에 30분 정도 할애된 글을 쓰는 시간은 20여 년이 지나니 '글 쓰는 원장 선생님'이라는 부캐가 만들어지고, 글을 쓰는 행위는 일상의 의미가 되었다.

어린이집 원장 선생님이 인터넷 공간에서 어린이집이라는 시간적, 물리적 공간 안의 소식을 전하고 알릴 수 있어서 의미가 있다고 생각한다.

오늘도 안녕, 어린이집!
brunch.co.kr/@humanfreshnk

2022. 10.
남궁인숙

4장

어린이집
코로나 상황

6장

즐거운 시(詩)와
함께

1장

어린이집
원장 선생님

날마다 아이를 파는 여자

그날은 어린이집을 처음 개원하고서 '학부모 입학 설명회'를 하는 날이었다.

영·유아교육과 관련하여 조기교육이 얼마나 중요한지 열심히 설명을 하는데 갑자기 학부모 한 분이 팔짱을 낀 채 다리를 꼬고 앉아서 질문을 던진다.

"그런데 원장 선생님은 아이를 낳아 키워보셨나요?"라고 하였다. 순간적으로 질문을 받고 나는 몹시 당황했다. "그~ 그럼요. 아들이 둘이나 있어요." 떨리는 음성으로 겨우 대답을 했던 기억이 있다.

지금 같았으면 이런 질문을 듣고 '내가 젊어 보이는구나.' 하고 얼마나 속으로 기뻐했을까?

팔짱을 낀 채로 아이를 낳아 키워보았느냐고 물었던 이유는 원장 선생님이 너무 젊어 보여서, 30대 후반의 결혼도 안 한 원장 선생님이라고 단정 지으면서, 아이도 안 낳아본 여자가 유아교육을 잘한다고 떠드는 게 가소로웠을 것이다.

그때 이후로 입학상담을 하면서 두 아들에게 아무런 개런티도 주지 않고 양육했던 경험담을 실어 열심히 두 아들을 팔기 시작했다.

"저는 아들만 둘이거든요."라고 시작하거나 "우리 큰애가 다섯 살인데요." 하거나 둘째 아이를 상담하러 오는 학부모에게는 "둘째 키우는 일은 조금 더 쉽죠?"라고 하면서 상대도 나의 대화에 자연스럽게 끼어들 수 있게 하였다.

이렇게 개원 초기부터 입학상담을 하면서 두 아이 키우는 이야기를 서두로 상담을 했더니 원아 모집이 수월하게 잘되었다.

거기에 MBTI, TA, DISK, 에니어그램, 부모-아동 상호작용 등 상담과 관련된 도구들을 활용하여 양육 스킬 향상 팁까지 제공했더니 그곳에 가면 영험한 원장 선생님한테 유아상담을 받을 수 있는 소문난 맛집(어린이집)이 되어버렸다.

언젠가 이야기를 했지만 나는 어린이집 원장 선생님을 하게 된 계기가 있었다. 기독교방송국 문화센터에서 영어강사로 재직하면서 서른이 넘은 늦은 나이에 결혼을 하였지만 아이는 적어도 둘은 낳아야겠다는 생각이었다. 그래서 겁도 없이 18개월 차이로 연년생으로 아들만 둘을 낳았다.

낳기는 하였지만 양가 부모님께서 아이들을 키워줄 형편이 되지 못했으며, 지금처럼 아이를 낳기만 하면 어린이집을 통해서 나라에서 책임감을 갖고 키워주겠다고 발 벗고 지원해 주던 시절이 아니었다.

그래서 아이들을 맡기려면 베이비시터를 채용하거나, 파출부 손에 맡길 수밖에 없었다. 아들 둘을 그것도 연년생 남아를 키워줄 베이비시터를 구하기는 하늘의 별 따기였다.

어렵게 구했어도 이틀을 넘기지 못하고 "저는 더 이상 못 해요."라며 줄행랑을 치곤 했다. 결국 나는 아이들을 돌봐 줄 사람이 없어서 직장생활을 제대로 할 수가 없었다.

그 무렵에 대교 방송국의 유아교육 프로그램의 음악 파트를 맡고 있던 유아교육계에서는 꽤 인지도가 있었던 선생님께서 아파트 단지 내에 '관리동 어린이집'을 개원하여 나를 초대했다. 그때 처음으로 매력적인 어린이집의 역할을 알게 되었다.

'아! 이게 내가 할 일이구나.'라는 생각이 들었고, '어린이집 원장 선생님'이라는 제2의 직업으로 터닝 포인트를 하는 계기가 되었다.

요즘은 어린이집에서 특별활동의 규제가 많아서 영어 학원처럼 운영을 못 하지만, 그 시절은 어린이집에서 영어교육을 전문적으로 보육과정 안에서 운영할 수가 있었다.

영어교육을 보육과정에 접목한 어린이집은 학부모님들의 관심을 받을 수밖에 없었다.

날마다 아들 둘을 팔면서 어린이집 원장 선생님은 두 아들을 쉴 새 없이 키워냈지만, 일과 가정, 육아 사이에서 보이지 않는 백조의 쉼 없는 발길질을 하는 일하는 엄마들이 행복하게 아이를 키울 수 있도록 도와주고 싶었다.

행복한 엄마로부터 양육되는 아이들은 심리적인 안정감을 갖고 발달단계에 따라 몸과 마음이 바르게 성장할 수 있기에 어린이집에서는 맞춤 보육을 지향하였다.

행복한 아이들이 자라는 어린이집의 원장 선생님으로서 무탈하게 잘 자라준 두 아들의 성장과정을 나는 오늘도 열심히 팔고 있다.

원장 선생님! 많이 보고 싶었어요

오래간만에 단비가 내리니 온 마을이 청량해진 느낌이다. 잠시지만 마스크를 벗고 긴 호흡으로 바깥공기를 콧구멍으로 들이마시며 산소 같은 여자가 되어본다. 일주일 동안 어린이집 내의 확진 소식을 학부모님께 전하며 우울한 일주일을 보냈다. 하루에 한두 명씩 이어지는 코로나 확진으로 어린이집이 뒤숭숭하였다.

코로나19 방역지침에 따르면, 코로나 양성 판정받은 아이들은 7일간 자동으로 자가 격리에 들어가야 하고, 확진자와 밀접 접촉을 하게 된 영 · 유아는 48시간동안 어린이집 등원을 하지 못한다.

그래서 어린이집 정원의 반 이상이 가족 감염, 친구 감염, 자체 발열 등으로 차례도 없이 돌아가며 격리 중이다.

새벽에 눈 뜨자마자 확진된 아이의 담임교사에게 문자가 오고, 벨이 울리며 다급함을 전해온다. 근래에 단체문자로 어린이집 48시간

이용을 제한하라는 문자를 얼마나 자주 보냈는지 미안해서 학부모 님 뵐 낯이 없다. 확진된 부모는 직장에 출근을 못 하니 아이들과 함 께 자동으로 격리가 되어 일주일을 꼬박 아이들을 간호한다.

자가 격리를 7일 동안 아이들이 어떻게 할 수 있을까? 확진된 아 이는 7일 동안 가족과 함께 집에서 자가 격리를 하고, 보건소에서 격 리 해지통보를 받고 어린이집에 등원할 수 있다. 그런데 그 사이에 또 가족이 확진된다.

그러면 또다시 7일간 격리…….

코로나에 확진된 아이들은 집 안에서 최대한 조심하면서 보내야 했다. 아이가 확진되면 자동으로 그 아이의 형제자매, 그리고 엄마, 아빠까지 감염되어 확진자가 되어 자동 격리를 지속하게 된다.

코로나에 감염되지 않은 각 가정에서는 매일 어린이집에서 보내주 는 "○○반 확진자의 발생으로 48시간 일시적 이용제한을 하라."는 통보를 받게 되어 피로감이 높다. 3월 한 달을 그렇게 뫼비우스의 띠 처럼 코로나19의 위기 상황을 보내고 있다.

오늘은 몇몇 아이들이 자가 격리가 해지되어 어린이집에 등원하였 다. 어린이집에 오래간만에 등원한 아이들은 기분이 좋아 보인다.

'새 학기가 되어 새로운 교구들이 가득 찬 어린이집을 못 나왔으 니 얼마나 오고 싶었을까?'

교실을 한 바퀴 둘러보고 돌아서려니 귀여운 한 녀석이 쪼르르 달려와서 인사를 한다.

"원장 선생님! 많이 보고 싶었어요." 그러면서 백허그를 한다.

"누구?"

"어머머머, 잘 지냈어요. 혼자서 심심하지 않았어? 집에서 누구랑 놀았어요?"

쉴 틈 없이 질문을 퍼붓고 나서 아이를 교실로 돌려보내고 생각하니 빙그레 웃음이 나온다.

'세상천지 어디에서 일주일 동안 못 봤다고, 누가 나를 이렇게 많이 보고 싶어 할까?'

조막만 한 이 녀석 때문에 빈말이어도 기분 좋은 찰나를 보냈다.

육아는 어깨에 앉은
먼지까지 털어주고 싶어 한다

모 배우의 딸이 아직 결혼 적령기는 아닌데 속도위반으로 결혼한다는 기사가 떴다. 신문마다 짜릿한 기삿거리가 없으니 이런 것조차 기사화되어 신문지 면을 차지한다.

아이들이 어렸을 때 이혼했던 배우는 아이들을 두고 이혼했기에 성인이 될 때까지 왕래가 없었다고 한다.

TV 프로그램에서 인터뷰하는데 본인이 계속 드라마나 영화에 나오는 이유는 직접 양육은 하지 못했어도 "두고 온 아이들이 TV를 통해 엄마를 볼 수 있을 것 같아서."라고 말했다.

모성의 본능을 지닌 엄마의 마음은 동서고금을 막론하고 모두 같을 것이다. 이혼으로 두고 왔던 딸은 어느덧 성인이 되어 곧 결혼을 앞두고 있고, 그 딸은 아이를 임신하고 보니 부모의 이혼으로 자기를 아빠 곁에 놔두고 떠났던 엄마를 이해할 수 있을 것 같다고 말한다.

온몸을 바쳐 낳은 아이의 육아는 인생에서 아주 커다란 기쁨과 즐거움을 가져다주는 일이지만 누구에게나 만만하지는 않다. 그래도 양육자는 육아를 평생의 숙원사업으로 여기면서 어렵지만 자연스럽게 아무렇지 않게 해낸다.

아이의 성장과정에는 양육자와 주변 성인들의 끊임없는 관계의 네트워크가 필요한데 인디언 속담에는 한 아이를 키우기 위해서는 온 마을이 필요하다고 하였다.

"아이가 성장한다는 것은 어른들이 의도적으로 의식하면서 키우는 것이 아니라, 아이가 자신에게 필요한 것들을 부모의 등에 빨대 꽂고 쟁취하면서 밀고 당기고를 거듭하면서 즐겁게 삶을 이어가는 것이다.

아이가 지닌 성장할 수 있는 에너지는 부모의 양육으로부터 얻어지는데 양육이라는 것은 단순히 의식주만 제공하는 것이 아니라 그 이상의 것을 조달해야 한다.

육아의 진행과정에서 어느 날 문득 옆에 눈부시도록 훌쩍 커버린 다이아몬드 같은 아이의 모습에 부모는 크게 놀라게 된다. 부모가 가진 육아의 본능은 아이의 어깨 위에 앉은 먼지까지도 털어주고 싶어 한다.

그런데 부모와 자식 간에 일어나는 육아가 과연 쉬웠을까?

키우는 과정에서 서로 대립하면서 갈등을 일으켰을 것이고, 그렇게 처절하게 살아가면서 아이는 성인으로 성장해 간다. 부모의 육아

방식으로 뜻대로 성장해 준 아이도 있겠지만 그렇지 않은 더 많은 아이들도 있을 것이다.

육아는 부모와 자식 간에 내 맘대로 그림 그리듯이 되지는 않는 법이다. 부모나 자식이 바라는 대로 되었다면 복사기에 대고 완성된 사진을 출력한 출력물일 것이다.

육아에는 전 생애를 걸친 어려움과 변화되는 시대와 사회의 흐름에 따라 발생되는 어려움이 존재한다. 그 와중에 부모는 가장 일반적인 문화를 형성하면서 육아를 담당한다.

인간이 육아를 하는 시간은 태어나자마자 기어 다니거나 서서 걸을 수 있는 다른 포유류에 비하면 복잡한 구조를 갖고 있고, 시간도 길게 소요되기 때문에 인내심과 마음의 여유가 있어야 한다. 이것은 인간만이 지닌 고유한 특성으로서 육아가 그렇게 간단하지 않은 어려운 이유다.

그럼에도 불구하고 육아에 오랜 기간 정성을 다하고 애정을 베풀수 있었던 것은 아이에 대한 따뜻한 사랑을 지닌 모성과 부성 때문에 가능했을 것이다. 이것은 온몸을 바쳐서 고통의 과정을 거친 아이를 낳은 부모이기에 가능한 일이다.

하지만 사회 안에 존재하는 어린이집은 부모의 도움 없이도 육아를 가능하게 한다. 어린이집에서는 '보육교사'가 육아의 일부분을 담당하며 부모를 대신하여 육아를 지원해 준다.

이때 아이는 혼자 자기 리듬에 맞춰 집에서만 있을 때와 달리 타인과 함께 있는 '어린이집'에 입학하면서 자기 고집은 버려야 하고, 사회성 발달, 책임, 배려, 양보 등이 생활화되어야 하는 약점들을 갖게 된다.

오늘날 육아는 부모 개인의 일이 아니라 사회를 유지하고 이어가기 위한 공적인 성격을 갖는다. 육아는 사회와 부모가 반드시 해내야 하는 업(業)이 서로 연관 맺으면서 공동의 책임을 져야만 한다.

그런데 현대사회에서 점점 더 육아가 어려워지는 까닭은 출생률이 떨어지면서 부모와 사회가 공동의 책임을 지는 데 많은 어려움이 있다.

저출산의 사회적 분위기 속에서 앞으로 태어나는 아이를 사회가 키워주는 존재로 만들기 위해서는 육아제도에 사회적 체제를 갖추어야만 한다. 아이의 성장은 이제 부모의 육아가 아닌 사회의 육아가 되어 책임져야만 한다. 통계청 자료에 의하면 2021년에 0.81명이 출생되었다. (2022년 8월 24일 통계청 발표)

청년들이 안심하고 결혼하여 임신하고, 출산을 감당하는 보편적 공익성이 있어야 아이가 행복해지는 저출생 문제에 대한 대비가 될 것이다.

행복한 가정은 일찍 찾아온 천국이다.

– 조지 버나드 쇼 –

두근두근 어린이집 원장생활

토요일 이른 아침에 한강 변을 산책하면서 자전거 사고현장을 목격하였다. 운동기구 앞에서 스트레칭을 하는데 등 뒤에서 "악." 외마디 비명 소리가 들려온다.

뒤돌아보니 보행 도로 옆 자전거 통행로에서 자전거끼리 부딪쳐서 자전거를 타고 있던 몇 명이 허공에 붕 떴다가 나동그라지는데 꽤 위험해 보였다.

아침 산책을 하던 행인들이 모여들면서 웅성거린다. 사고현장에서 일행 중 덜 다친 사람은 일어나서 넘어져 쓰러진 동료들의 상태를 살피면서 휴대폰으로 119에 구조 요청을 한다.

남편으로 보이는 중년 남자는 쓰러진 자전거를 치우면서 넘어져서 미동도 하지 않는 여성의 곁에서 뭔가 응급처치를 하고 있는 것처럼 보인다. 너무 갑작스럽게 벌어진 일이라 어느 누구도 응급처치를 할

엄두도 내지 못하고 있다.

지나가는 보행로를 막는 일을 도와주는 사람과 쓰러진 자전거를 한쪽으로 치우는 사람 등등 제각각 뭔가 도움을 주려고 노력한다. 10여 분이 지나도록 경찰과 119구급차는 오지 않는다. 가슴 졸이며 시간을 보내면서 기다리자니 경찰차가 먼저 도착한다.

쓰러진 여인의 남편으로 보이는 중년 남자가 큰소리를 치는 바람에 왜 화를 내는지 듣게 되었다. 쓰러져 위급한 사람 앞에서 구급차는 오지도 않고, 경찰관은 의식도 없이 쓰러진 사람에게 이름이 뭐냐고 묻는다고 화를 내고 있었다.

경찰관은 당연히 "신원 파악이 먼저다."라면서 실랑이를 벌인다. 나도 그 상황에서 어떻게 해야 할지 방법이 생각이 나지 않았다.

가끔 아이들과 지내는 어린이집에서도 위급한 상황이 자주 생길 수 있다. 이러한 위급 상황에 안전하게 대처하기 위해서 교직원들은 연간계획에 의해 매월 안전교육을 받는다. 그렇지만 오늘처럼 갑자기 대처할 시간도 없이 벌어지는 위급한 상황이 생기면 원장으로서 머릿속이 하얗게 된다.

그럼에도 불구하고 차분하게 우선순위가 무엇인지 정해보려고 노력할 수 있는 것은 그동안 응급 상황에 대비하여 시뮬레이션을 해보는 등 여러 가지 사례를 공유하면서 정기적으로 안전교육을 받았던 학습의 기억들 때문에 대처가 쉬워지는 것이다.

오늘 자전거 사고현장을 눈앞에서 목격하면서 어린이집의 위험했던 상황들을 떠올려 보니 심장이 방망이질한다.

아~쉽지 않은 이 직업!

나와 상관없는 자전거 사고를 목격하고도 심장이 딸꾹질을 멈추지 않는다. 정년퇴직 후에나 심장이 나대지 않을까?

사람은 실패가 아니라 성공하기 위하여 태어난다.

– 헨리 데이비드 소로우 –

놀이터에서 쿵!

"원장 선생님!! 여기 좀 보세요." 교사는 떨리는 음성으로 하얗게 질린 얼굴로 아이 한 명을 힘겹게 안고 원장실로 들어온다. 원장실에 걸린 시계를 보니 10시 40분, 아이들의 바깥놀이시간에 다급하게 부르는 교사의 목소리에서 바깥에서 무슨 일이 생겼음을 감지하였다.

교사는 "성 놀이터에 갔는데 윤겸이가 놀이터 1.5m 난간에 서 있다가 갑자기 우레탄 바닥에 떨어져서 움직이지 않아요."라고 하면서 불안 가득한 얼굴로 나를 바라본다.

교사의 품에 안겨 축 처져 있는 윤겸이를 보는 순간 원장 선생님인 나도 깜짝 놀랄 수밖에 없었다. 내가 놀라고 있음을 알지 못하도록 최대한 침착하게 윤겸이의 안색을 살피고 손발을 만져보니 식은땀인지 더워서 흘린 땀인지 분간이 되지 않았고, 손이 많이 차가웠다. 숨은 고르고 있는데 의식이 없어 보였다.

"선생님! 윤겸이 응급실 데리고 가야겠어요."

나는 자동차 키를 가방에서 꺼내어 지하 주차장으로 향했다. 주차장까지 1분이면 가는 거리인데 너무 길게 느껴졌다. 윤겸이를 안고 있는 교사의 모습을 바라보니 초주검이다.

보조선생님께 윤겸이 생년월일을 문자로 알려달라고 부탁하고 어린이집에서 자동차로 5분 거리에 있는 대학병원으로 향했다.

가는 도중 의식이 없어 보이는 윤겸이가 잠들면 안 된다는 생각에 계속 말을 걸었더니 1분 정도 지나자 윤겸이는 마치 잠에서 깨어나는 순간처럼 눈을 비비며 눈을 뜬다.

"윤겸아! 여기 어디니?", "윤겸아, 나 누군지 알겠니?", "윤겸이 놀이터에서 놀았던 것 생각나니?" 담임선생님과 나는 번갈아 가며 윤겸이에게 계속 말을 걸었다.

윤겸이는 귀찮은 듯, "원짱 성생밈."이라고 한다. 나도 모르게 입에서 "휴……."라는 말이 나온다.

윤겸이는 어린이집에 생후 3개월에 입학해서 지금 다섯 살 반이 되었다. 12월에 쌍둥이로 태어났기에 현재 다섯 살이라고 하지만 네 살 정도로 보인다. 아주 어린 나이에 어린이집에 입학했기 때문에 사랑을 많이 받는 아이다.

어리둥절해 하는 윤겸이가 창밖을 보며 지나쳐 가는 아파트를 가리키며 "여기 할머니 집인데~."라고 한다.

의식이 돌아온 것 같아 다행이었다. "여기 ○○마트 지나간다. 윤겸이 여기 와본 적 있니?"라며 담임선생님은 윤겸이가 다시 잠들지 않도록 계속 말을 걸었다.

"○○마트에서 무엇을 샀지?" 윤겸이는 "○○○소시지 사쩌요." 라고 한다. 계속 윤겸이에게 말을 걸면서 응급실에 도착하여 간단한 문진과 함께 의사 선생님을 만나서 진찰을 하였다.

의사 선생님께서 별문제는 없어 보이지만 높은 곳에서 떨어졌으니 엑스레이와 CT를 찍어보자고 한다. 안내 데스크에서 접수하고 기다리니 윤겸이 엄마와 할머니가 응급실로 들어온다. 응급실 로비를 돌아다니는 윤겸이를 보자 안심하는 모습이다.

얼마 후 퇴원 수속하라는 전광판에 윤겸이의 이름이 뜬다. 생각보다 결과도 빠르게 나오고 퇴원 수속도 빨랐다. 의사 선생님께서 지금 아무 이상은 없지만 24시간 동안 안정을 취하고 지켜보라고 한다. 퇴원 수속을 마치고 윤겸이와 윤겸이 할머니, 엄마 그리고 담임 선생님과 함께 어린이집에 도착하였다.

윤겸이 엄마는 담임선생님께 고생했다고 하면서 어차피 본인도 회사에서 조퇴하고 나왔으니 윤겸이를 집으로 데리고 간다고 한다. 그리고 담임선생님께 감사하다는 인사도 잊지 않는다.

아이를 집으로 보내고, 원장실에 돌아와서 한숨도 돌리기 전에 예정되어 있던 회계 컨설팅을 하기 위해 컨설턴트가 방문한다. 그렇게 2시간 동안 정신없는 상태에서 회계 컨설팅을 받고, 컨설턴트가 돌아간 후 담임선생님을 불렀다. 그녀의 안색을 보니 아직도 흥분이 가시지 않아 보였다.

"선생님, 아이들 돌보다 보면 오늘처럼 이런 일은 흔히 있을 수 있어요. 많이 놀라셨죠?"

그녀의 눈에 눈물이 그렁그렁하다.

"저는 6년 동안 교사생활하면서 처음 있는 일이었어요. 너무 놀라서 지금도 진정이 안 돼요."라고 한다.

"선생님, 윤겸이가 지금은 문제가 없다고 하니 다행입니다. 이런 일 말고도 또 다른 상황에서도 아이들은 마치 사과가 '쿵' 떨어지듯 높은 곳에서 잘 떨어질 수 있으니 더욱 잘 보살펴야 해요."

"특히 아이가 높은 곳에서 떨어지게 되면 다음과 같은 응급처치가 필요합니다.

높은 곳에서 떨어진 후 아이가 깨워도 깨어나지 못하거나, 의식을 잃거나, 선생님을 몰라보는 경우 또는 갑자기 말을 잘 못하거나, 눈이 안 보인다고 하면 반드시 응급실에 가서 진료를 봐야 하는 게 우선입니다."

"오늘 나한테 제일 먼저 달려와 준 건 잘한 일이에요."라고 칭찬해 주었다.

"앞으로 더욱 매의 눈으로 사과 같은 녀석들 잘 보살펴야겠죠?"

"네."

"오늘 너무 마음고생하셨는데 얼른 퇴근하고 푹 쉬세요." 그리고 수고스럽지만 2시간 후에 윤겸이 엄마께 다시 전화해서 윤겸이 잘 노는지 확인해 보라고 하고 퇴근을 시켰다.

지금은 밤 9시, 응급실에 가느라 낮에 못 한 일들을 처리하고 나니 오늘의 하루 일과가 이제 끝이 났다. 윤겸이 엄마와 문자를 나눈 후 윤겸이가 편히 잔다는 말에 나도 퇴근해 본다.

　　어린이집에서 잘 놀던 아이가 갑자기 사과가 '쿵' 하고 떨어지듯 놀이터의 높은 곳에서 떨어진 오늘 하루가 파노라마처럼 스쳐간다.

　　'사랑하는 윤겸아! 너도 오늘 하루가 길었겠구나. 편히 잘 자렴.'

　　오늘 하루 어린이집에서 '사과가 쿵!' 원장 선생님 가슴속에서도 '사과가 쿵' 하고 떨어졌다.

천재는 꼭 훌륭한 부모 밑에서 나지 않는다.
좋은 부모란 아이에게 따뜻한 유년을 물려주는 사람이다.
– 외르크 치틀라우 / 18인의 천재와 끔찍한 부모들 저자 –

'서울 엄마 아빠 행복 프로젝트' 사업에 대해

서울은 아이 키우기 좋은 도시일까?

지방에서 태어나서 대학까지 졸업하고 상경해서 작은 화실을 운영하는 우리 미술 선생님은 서울은 너무 재미있고 좋은 도시라고 한다. 그녀가 태어나서 자란 곳은 광역시인데도 그녀는 항상 지방을 떠올리면 왠지 칙칙하고, 놀거리도 없고, 인구가 적어서 가는 곳마다 꼭 아는 사람들을 만난다고 한다.

교통편이 좋지 않아 지하철, 버스 타는 것도 불편하고, 지역주민을 위한 특별한 혜택도 서울에 비하면 너무 부족하고, 지역이 좁아서 거리마다 모두 아는 사람들뿐이라고 한다.

아침 뉴스에서 서울시에서 출산장려정책 프로젝트를 추진한다고 보도하였다. 미술 선생님이 서울을 좋아하는 이유가 서울시의 이런 행정들일까 생각해 본다.

영 · 유아 출생률이 계속적으로 떨어지니 서울시는 더욱 획기적인 방안을 마련할 수밖에 없는 실정에 와 있는 것이 분명하다.

'서울 엄마 아빠 행복 프로젝트'의 발표된 내용에 의하면 엄마, 아빠의 육아부담을 덜어주고, 아이 키우기 좋은 서울을 만드는 데 서울시가 함께 키워주겠다는 의지가 강한 발표문이었다.

내용을 보면 양육자에 포커스를 맞춘 플랜으로 아이를 낳기만 하면 사회가 키워준다는 분위기를 서울에서 먼저 널리 퍼트리겠다는 취지다. 그동안은 정부에서 아이를 낳기만 하면 나라가 키워준다고 했지만 출생률은 계속 떨어지고 있었다.(2021년 0.81명)

이번 프로젝트는 0세에서 9세까지 성장과정의 핵심이라고 볼 수 있는 발달과정에 놓인 아이를 둔 부모가 대상으로 '엄마, 아빠의 부담은 줄이고, 행복은 키우고'라는 목표를 가지고 안심 돌봄, 편한 외출, 건강 힐링, 일 생활 균형을 토대로 28개 사업으로 나누어 5년간 14조 7천억 원을 투입할 예정이라고 한다. 수치가 가늠이 안 되지만 엄청나게 많은 예산을 투입할 것 같다.

한편에서는 이로 인하여 육아용품의 수요가 증가할 것이라고 믿는 판매상들은 쾌재를 부르고, 주가도 상승할 것이라고 믿는 개미 주식 투자자들도 기대에 부풀어 있다고 한다.

사업 시행에 앞서 설문조사를 한 근거를 바탕으로 보육, 여성, 경제 등 분야의 전문가 자문을 받아 회의를 하고 검토를 거친 프로젝트라고 하는데 어린이집 보육교직원들에게도 설문을 하였는지 모르겠다.

36개월 이하 영아를 조부모 등 4촌 이내 친인척이 돌보면 가정에 월 30만 원의 돌봄 수당을 지원할 수 있고, 맞벌이, 임산부, 다자녀 가정에는 하루 4시간 가사서비스도 지원한다고 한다. 다시 말해서 엄마, 아빠의 황금 같은 10년을 서울시가 함께 해주겠다는 목표가 있는 프로젝트다.

그러나 황금 같은 엄마, 아빠의 이 10년은 아이들이 옥석(玉石)으로 자라나는 시간이라는 것을 엄마 아빠는 20년이 지난 후 알게 될 것이다.

엄마, 아빠가 바쁠 때 아픈 아이를 일시 돌봄 병원동행서비스를 해 준다고 한다. 부모가 아무리 바쁘다고 해도 병원은 아이들에게 가장 무서운 곳이다. 아이들이 아프면 누굴 가장 먼저 의지할까?

어린이집에서 아이가 다치면 보육교사가 병원에 데리고는 가지만 결국에 부모가 병원에 도착해야 해결되는 상황들이다. 아이에 대한 정보력도 없는 그 누군가가 아이를 병원에 데리고 가서 어떻게 아픈 지 설명할 것이며, 어떤 결정을 할 수 있을까?

365일 언제든 맡길 수 있는 긴급 돌봄을 강화하겠다고 한다. 현재 어린이집에 오전 7시 반에 등원해서 오후 7시 반까지 영·유아를 어린이집에서 돌보고 있다. 마지막 영·유아가 하원할 때 퇴근해서 아이와 함께 귀가하는 학부모는 "어머! 우리 아이밖에 없나요?"라고 하면서 무척 안타까워한다.

365일 긴급 돌봄으로 아이들이 맡겨진다면 영·유아는 덜 행복할 것 같다. 영·유아는 엄마 냄새를 맡으면서 같은 공간에서 잠을 자고, 밥을 먹고, 사랑받는 생활해야 안정적으로 부모의 인성을 닮은 건강한 어른으로 성장할 수 있다. 물론 365일 긴급 돌봄이 꼭 필요한 상황도 있을 것이다.

엄마, 아빠의 편한 외출을 위해 세종문화회관 등 문화시설, 전통시장에는 아이를 잠시 맡기고 공연을 보거나 장을 볼 수 있도록 돌봄 서비스까지 제공하는 시설로 조성한다고 한다. 이 부분은 심하게 반대하고 싶다. 음식점에서 엄마, 아빠가 편하게 밥을 먹겠다고 핸드폰을 켜서 동영상을 틀어서 손에 쥐여주거나 식당 안 놀이터에 아이들만 넣어두는 꼴이다.

아이들과 공연을 같이 보는 것은 건전한 문화생활을 즐기는 과정을 아이들이 어른으로부터 관람 예절을 배워가는 것이며, 전통시장에서 장을 함께 보는 것은 우리나라의 전통 먹을거리들은 어떤 것이 있고, 시장에서 물건을 판매하는 시장 상인의 삶과 애환을 알아볼 수 있고, 시장경제가 어떻게 돌아가는지 경제 상황도 알게 되고, 자랑스러운 대한민국, 가슴 밑바닥에서부터 우러나오는 나라사랑을 배워 자신도 모르는 사이에 애국자도 될 수 있다.

우리가 애국가를 들으면 가슴이 뭉클하고 태극기를 보면 숙연해지는 느낌을 갖는 것은 학교에서 배웠기 때문만은 아니다. 어린이집에서 아이들이 현장학습을 다니는 이유도 맥락은 같다.

"1:20의 많은 아이들을 인솔하며 보육교사는 왜 현장학습을 다닐까?" 아이들 세계의 사회이며 그 안에서 질서와 존중, 시민의식을 배워간다.

출산맘의 몸과 마음 건강을 챙긴다는 사항, 남녀 구분 없는 가족 화장실 설치, 아이와 함께하는 편한 외출로 즐거운 환경을 만들겠다는 취지의 아기 쉼터, 휴식 공간, 서울 엄마, 아빠 택시를 운영하겠다는 취지도 좋고, 육아휴직 활성화를 위해 엄마, 아빠 육아휴직 장려금을 최대 120만 원 지원하는 것은 아주 좋은 정책인 것 같다. 틈새 보육 SOS서비스를 확대한다는 내용에 등 하원 전담 지원, 영아 전담 아이 돌봄 지원, 서울형 0세 전담 반 돌봄 등의 틈새 보육을 하겠다는 의지는 정말 바람직하다고 생각한다.

그러나 엄마, 아빠의 식사 준비 부담을 덜기 위해 저녁식사 제공을 어린이집 연장 보육(16:00-19:30) 아동까지 확대한다고 한다. 영 · 유아가 어린이집에서 석식까지 단체급식으로 제공받아야 한다는 것이다. 멀쩡한 가정을 두고 삼시세끼 금속 식판에 놓인 단체급식을 제공받는다?

영 · 유아는 언제 엄마, 아빠와 밥을 먹을 수 있을까? 요즘도 영 · 유아 대부분이 아침밥을 먹지 않고 등원한다.

'영아기부터 아이들은 집에 가서 잠만 자고 나오는 프로 자취러인가?'

양육의 어려움을 실질적으로 제공해 주는 솔루션이 목적이라고 하지만 인간의 바람직한 성장과 발달을 저해하는 일이라면 더 많이 고민해 보고 결정할 사안들이 많아 보인다.

속옷까지 정갈하게 다림질해 입혀서 기관에 보내는 이탈리아맘은 못 되더라도, 부모가 편하자고 영 · 유아를 불행하게 만드는 과오는

범하지 않기를 바란다. 10세 미만의 아동이 왜 부모의 손길이 많이 가는지 행정가들은 반드시 이유를 알아야 할 것이다.

지금은 어린이집에 학부모로 90년대 생들이 몰려오고 있다. 보육에 대한 행정을 펼치려면 새로운 세대를 바라보는 시각을 가져야 한다.

90년대 생의 특징은 무엇인가? 재미있거나, 간단하거나, 정직하거나, 더욱이 보여주기식 행정은 더욱 참을 수 없을 것이다.

진정으로 관심을 갖고 고민하는 부분에 포커스를 맞추어야 할 것이다.

백향목을 닮은 사람

새벽부터 따뜻했던 입동을 무시하듯 돌풍을 동반한 가을비가 온 동네의 낙엽들을 파도처럼 너울거리게 하며 아름다운 풍경을 만들어 준다. 마지막 안간힘을 쓰며 매달리기 하는 잎들에게 간지럼을 태우며 함께 손잡고 가자고 실랑이를 벌이는 모습은 한 폭의 화려한 그림으로 늦가을이 주는 선물이다. 가을 잎들은 아직 있을 만하다고 버티는데 가을비는 빨리 가자고 재촉을 한다.

가을비 내리는 오전, 주말을 지낸 다음 날의 분주한 일과를 막 끝내려는데 5년 전 우리 어린이집에서 정년퇴직하신 선생님께서 안부 문자를 보내온다.

어쩌다 한 번 오는 연락에도 무지 반가운 사람이 있다. 그런 분 중의 한 분이셨던 선생님께서 안부의 문자를 보내주시니 반갑기 그지 없다.

넋 없이 지내는 일상 중에 가끔 잊고 살다가 수년 전 같은 공간에서 근무하면서 함께 밥을 먹으면서 시간을 보내고, 동료애였지만 마치 큰언니처럼 여겨졌던 선생님이 부지불식간에 생각이 나서 무심코 '톡' 보낸 문자에 잊지 않고 정성스러운 시(詩)를 써서 답 문자로 보내온 것이다.

우리 어린 아가들을 사랑과 인자로 키워주시는
원장님은 정말 아름답고 장하십니다.
그런 원장님을 만난 나 또한 행복하답니다.
원장님은 항상 향기가 넘쳐나는 '백향목' 같은 분입니다.
정말 생각만으로도 기분 좋은 분!
그렇게 기억되는 분입니다.
건강 고이고이 잘 챙기시고 늘 멋지게 지내세요.

- 글 윤희진 -

나는 교회를 설렁설렁 다니는 선데이 크리스천이라서 백향목에 대해 잘 알지 못했다. 성경에 나오는 백향목을 선생님의 글을 읽으면서 이제야 찾아보았다.

백향목은 소나뭇과에 속하는 귀한 상록 식물로 힘찬 기상을 지녔으며, 뿌리가 튼튼하고 강하며 충성스럽고 아름다운 수목이다. 교회의 성전을 짓거나 궁전을 짓는 소재로 쓰였으며, 짙은 향과 나무의 진이 많아서 해충도 없고, 방부력과 내구력이 뛰어난 나무다. 또한 추운 곳에서 자라기 때문에 높이가 있고, 크게 자라는 성질이 있어서 귀한 건축자재로 쓰인다고 한다.

레바논 지역에 주로 서식하며 나무의 높이가 약 40cm, 둘레는 10m 이상이 될 만큼 위용이 대단하여 팔레스타인에서는 수목의 왕자로 불린다. 수천 년 동안 마구잡이 벌목으로 지금은 그토록 울창했던 숲이 온 데 간 데가 없고, 레바논의 한 산맥의 계곡에서만 존재한다고 하니 안타깝다.

성경 안의 〈열왕기하〉에서는 솔로몬이 예루살렘 성전을 짓기 위해 히람과 거래를 맺어 원하는 대로 잣나무와 백향목을 벌채해서 가져가는 대가로 곡물과 기름을 주었다는 내용이 있다.

〈시편〉에는 "의인은 종려나무 같이 번성하며 레바논의 백향목같이 성장하리로다." 이런 대목들도 있다.

워낙 선생님께서 신앙생활을 열심히 하시면서 성경을 늘 통독하기 때문에 백향목을 인용하여 표현하였을 것이라는 생각이 들었다. 백향목을 닮았다고 하니 기분은 좋다.

앞으로도 강인하지만 인자하고, 튼튼하면서도 아름다운 향기가 있는 백향목을 닮은 사람이 되어야겠다.

나는 원장 선생님이 제일 좋아!

만 2세 반 장난꾸러기 호중이는 점심 먹고 나서 낮잠시간만 되면 잠든 친구들을 깨우면서 잠을 자지 않겠다고 떼를 쓴다. 담임선생님은 이 아이를 어떻게 하지 못하고 달래보다가 급기야 원장실에 맡기고 교실로 가버린다.

이 귀여운 녀석을 데리고 종알종알 대화하다 보니 언어 발달 수준이 만 3세 이상이다. 만 2세가 300개의 단어를 구사한다면 만 3세는 1,000개 정도를 구사할 수 있다. 말귀를 잘 알아듣고 이해력이 빨라서 무슨 이야기를 해도 발음이 정확하고 표현이 단단하다.

'넌 언어 천재구나.' 호중이가 너무 똑똑해서 선생님을 골탕 먹이는 것 같다.

호중이를 데리고 보육실에 들어가서 조각보만 한 요에 엉덩이를 구겨 넣으며 함께 누워보았다. 호중이의 얼굴을 만져주고, 이마를 쓰다듬고, 콧잔등을 톡톡 두드려 보고, 귓불을 만져주었다.

"넌 어쩌면 이렇게 잘생겼니? 이렇게 잘생긴 사람은 행동도 멋지게 해야 친구들도 좋아하고, 선생님들도 호중이를 더 예뻐하는 거야. 그래야 너의 잘생긴 얼굴이 빛이 난단다."라고 해주었다.

그리고 아이들이 낮잠 자는 동안 담임선생님이 틀어주는 음악 소리를 잘 들어보자고 했다. 흘러나오는 음악 소리 중에 어떤 음악 소리가 들리는지 물으니 피아노 소리가 들린다고 한다.

"어, 피아노가 호중이에게 말을 하네?" 하면서 나는 목소리를 바꾸어 아주 조그맣게 피아노 음성을 내어보았다.

"호중아, 내 피아노 소리 들리니? 지금은 잠잘 시간이야. 눈감고 내 피아노 소리에 집중해 봐."

"호중아, 내가 너 잠 잘 자라고 너를 위해 연주하고 있어. 호중아, 지금은 잠잘 시간이야."

"어, 피아노가 말을 하네. 호중이 귀에 피아노가 말하는 것 들리지?" 그랬더니 호중이는 고개를 끄덕끄덕하면서 실눈을 감고 피아노 소리에 귀 기울인다. 점점 숨소리가 커지더니 스르르 잠이 들었다. '녀석, 결국 이렇게 잘 거면서 안 자려고 그렇게 떼를 쓴 거니?'

잘 들으려고 하는 것은 상대의 마음에 집중하려는 존중의 의미가 있다. 결국 상대의 말을 잘 들어주는 사람은 인간관계가 원만하고 소통을 잘하게 된다. 더 나아가서 사회적으로 성공할 확률도 높다. 호중이가 선생님 말씀에 귀 기울이는 습관을 갖게 하려면 호중이의 말을 귀 기울여서 끝까지 들어주는 부모의 모습, 교사의 모습이 좋은 모델이 된다. 결국 호중이도 부모나 교사의 말에 귀 기울이는 모습을 배우게 될 것이다.

나는 낮잠시간마다 호중이가 낮잠을 잘 자고 있는지 원장 선생님이 보러오겠다고 호중이와 약속을 하였다. 낮잠시간이 끝날 무렵 보육실에 들어가서 오늘은 낮잠을 잘 잤는지 물어보았다.

드디어 3일째 되는 날 낮잠시간이 지나서 보육실에 들어가자마자 쪼르르 달려오며 "오늘 호중이 낮잠 잘 잤어요."라고 한다.

올망졸망한 이 아이들이 장난꾸러기여도 너무 귀엽고 사랑스럽다. 담임교사들은 버릇 나빠진다고 너무 예뻐하지 말라고 하지만 원장 선생님 눈에는 마냥 귀엽고 사랑스럽다. 자세히 들여다보면 더 예쁘고 참 잘생겼다. 오목조목하게 구조를 잘 이룬 눈, 코, 입이 모두 사랑스럽다.

오뚝한 마늘 코, 무얼 먹어도 귀여운 오종종한 입, 단춧구멍만 한 영리한 실눈, 나비 모양의 귀, 계란형 얼굴에……. 어디 하나 빠진 곳이 없는 싱싱한 피망 같은 이 녀석은 최고로 장난꾸러기다.

원장 선생님이 자기를 예뻐한다는 것을 알고 있는 호중이는 원장 선생님이 보육실에 들어가자 달려와 매달리면서 "나는 원장 선생님이가 제일 좋아!"라고 한다.

결국 호중이에게 필요한 것은 귀를 열고 잘 들어보려고 하는 습관 들이기와 잘 듣는 훈련이 필요하다. 어른들에게는 인고의 시간이 필요한 참 보육을 위한 일이다.

아이 키우기 좋은 나라

어린이집 원장으로 23년째, 요즘처럼 출생률이 저조하다는 것을 체감해 보기는 처음이다. 10여 년 전부터 출생률이 떨어진다는 이야기가 있었지만 이렇게까지 심각하게 떨어질 줄은 상상도 못 했던 것 같다. 낳기만 하면 나라에서 키워준다고 해도 출생률은 지속적으로 하락하고 있다.

매년 12월이 되면 어린이집과 유치원의 원아 모집 기간이다. 요즘에는 어린이집과 유치원은 많은데 아이가 없으니 원아 모집하는 데 많은 시간을 할애한다.

"어머님! 대기 1번이셔서 이번에 ○○반에 입학할 수 있어요."

"아, 다른 곳에 입학 접수하셨다고요? 알겠습니다."

"그러면 대기 신청 취소해 드릴까요? 아니면 보류해 드릴까요?"

하루에 2명을 모집하기 위해 입소 대기 중인 명단을 보면서 입 안이 소태가 되도록 전화해서 설명하고, 겨우 입학시켜 놓으면 다음 날 다른 곳으로 정했다고 하면서 "입학 취소해주세요."라고 한다. 또다시 원점으로 돌아가서 다음 입소 대기 아동에게 전화를 걸어 본다.

동절기 두어 달을 원아 모집을 하면서 시간을 보내고, 만 5세 아동은 졸업을 시켜서 초등학교로 올려보내고 나면 다시 3월이 되어 입학식을 한다.

입학식을 끝내고 돌아서면 입학식에 불참한 아동의 부모로부터 "입학 취소해 주세요. 유치원으로 가기로 했어요."라는 전화를 받는다.

매년 입학식 날이면 겪는 일이기 때문에 그다지 놀라운 일은 아니지만 요즘의 상황은 좀 다르다. 입학식 당일에 입학을 취소하여 원아 모집을 다시 하려고 해도 입소 대기 신청한 아동이 없어서 전화를 돌릴 수도 없다. 연령대가 다른 대기 아동은 있으나 미달된 반의 대기 아동은 바닥을 보인다.

그나마 3,500세대 정도의 아파트 단지 내에 위치한 우리 어린이집은 원아 모집 환경이 우수한 편이다. 물론 대형 유치원이 단지 안에 있지만 그것도 문제 되지 않는다. 아파트나 복합건물이 없는 주택이나 빌라 단지에 위치한 어린이집들은 영·유아가 없어서 원아 모집이 거의 되지 않고 있다. 정원의 반도 채우지 못하는 어린이집도 있고, 약 스무 명 정도 미달된 어린이집들도 생겨나기 시작한다. 올해는 그만큼 출생률이 저조하여 아이들이 아주 많이 줄어들었다.

나라의 경쟁력은 높은 인구 출생률인데 출생률이 떨어지는 이 현상이 대한민국을 사랑하고 아끼는 나로서는 참으로 안타깝다.

정원을 채우지 못하는 이유는 국공립 어린이집을 확충한다고 서울시에서 많이 늘려놓은 탓도 있으나 지속적으로 출생률이 떨어지는 것이 더 큰 문제다. 어떻게 하면 출생률을 올릴 수 있을지 연구를 하지 않는 것은 아니지만 딱히 "이거야."라고 내놓지 못하는 실정이고, 아이를 많이 낳을 수 있는 대안들이 아니어서 적용이 잘 안 되는 점이다. 어떤 누가 연구를 한다고 해도 정답은 없는 것 같다.

아이 키우기 좋은 나라, 아이가 행복한 나라, 여성이 아이를 키우면서도 행복한 나라, 다양한 슬로건으로 접근하고 있는 출산장려정책이지만 현실감이 없기에 출생률은 지속적으로 떨어질 수밖에 없다.

아이를 낳기만 하면 2백만 원씩 지원금을 준다고 하지만 현실감 없는 지원정책이 젊은 사람들에게 긍정적으로 인식이 될지 의문이다.

어린이집에서 보육교직원들은 보육의 주체로서 영·유아의 이익을 최우선으로 고려하며 아이들이 행복하고 건강하게 지낼 수 있도록 잘 키울 것이다.

"대한민국 가임기 여성들이여!
아이 많이 낳아요. 어린이집에서 잘 키워드릴게요."

위로가 필요한 내면아이

한적한 겨울, 친구들과 함께 바다를 끼고 있는 송악산 둘레길을 쉬엄쉬엄 걸으면서 산책을 하였다. 둘레길 긴 의자의 쉼터에 앉아 바다를 바라보며, 젊은 사람들이 즐긴다는 '바다 멍'을 즐기는데 유치원 원장 선생님인 친구는 자기에게 그동안 몇 개월에 걸쳐서 겪은 힘겨웠던 이야기를 들려준다.

13년 전 달님 유치원에 다녔던 학부모(혜빈 엄마)로부터 연락이 왔는데, 그 당시 재원생인 혜빈이가 현재 고등학교 2학년이 되었다고 한다. 혜빈이가 어린 시절에 다녔던 유치원을 가보고 싶어 한다고 하면서 혜빈이의 현재 상태에 대해 이야기를 해주었다고 한다.

당시 혜빈이에게 학예회를 하는 날 어떤 한 사건이 있었다. 오후 5시에 학예회를 하기 위해 유치원생 모두는 노란 버스를 타고 강당이 있는 센트럴 회관으로 갔다. 그곳에 도착해서 한참 동안 리허설을 하다가 6세 반 담임선생님은 혜빈이가 차에 타고 오지 않았다는 것을 알게 되었는데, 마침 경비업체에서 혜빈이를 회관까지 데려다주게 된다.

내용인즉 담임선생님이 많은 아이들을 인솔하는 과정에서 혜빈이가 교실에 남아 있었는데 그만 버스가 출발하였다. 담임선생님을 비롯하여 아무도 혜빈이를 두고 온 사실을 몰랐었다고 한다. 겨울이어서 6시만 되어도 교실이 깜깜해졌고, 어스름한 교실에서 사람이 왔다 갔다 하는 모습이 경비업체 센서에 발견되었고, 경비업체 직원이 유치원에 가보니 혜빈이가 혼자서 교실에 있었던 것이다.

경비업체 직원은 원장 선생님과 통화한 후 센트럴 회관까지 혜빈이를 데려다주었고, 혜빈이는 당시에 언니와 함께 유치원을 다니고 있었는데 언니가 자기를 챙기지 않아서 학예회에 참석하지 못했다고 생각하였다. 혜빈이는 학예회를 꼭 참석하고 싶었는데 언니 혼자서만 학예회를 하러 갔기에 본인은 참석을 못 했다고 하면서 많은 원망을 하였고 학예회에 대한 미련을 버리지 못했다.

혜빈이는 결국 7세가 되어 달님 유치원에 다니지 못하고 다른 기관으로 옮겨갔다. 언니가 자기를 챙기지 않고 교실에 혼자 놔두고 가서 하고 싶었던 학예회를 하지 못했던 것이 두고두고 트라우마가 되었고, 고등학생 이 된 현재까지 학교생활에 적응을 못 하고 자존감이 낮은 아이로 성장하면서 우울감을 갖게 되었다.

혜빈이는 곤란한 상황이 되면 구토를 하며 화장실을 가야 했고, 친

사회적인 활동에 곤혹스러워하는 아이로 성장하였다. 혜빈이는 단체생활하는 것, 친구 사귀는 것 등등을 어려워하며 결국엔 일반 고등학교에 적응 못 하고, 현재는 대안학교를 다니는데 지금도 어려움을 겪고 있다고 한다.

소아청소년과 의사 선생님, 여러 상담가들을 만나고 치료를 하는 과정에서 13년 전에 다녔던 유치원을 꼭 가보고 싶어 한다고 혜빈이 엄마는 달님 유치원 원장 선생님께 전화하였고, 원장 선생님은 흔쾌히 방문을 허락하여 혜빈이가 유치원에 방문했는데 너무 예쁜 숙녀가 되어 왔다고 한다.

원장 선생님은 혜빈이가 놀이했던 교실을 보여주고, 과거 혜빈이가 유치원에서 지냈던 이야기를 하면서 그 당시 원장 선생님이 널 잘 챙겨주지 못해 너무 미안하다고 정식으로 사과하고, 혜빈이는 한결 마음이 편안해져서 집으로 돌아갔다고 한다.

5개월 정도 지나자 또다시 달님 유치원 원장 선생님께 혜빈이 엄마는 그 당시 학예회 때 담당하였던 혜빈이의 담임선생님을 찾아달라고 했다. 혜빈이를 그때 경비업체 직원이 데리고 센트럴 회관에 도착하여 담임선생님께 인계하자 담임선생님은 혜빈이에게 다짜고짜 화를 내며, "혜빈아! 어디 있다가 이제 왔니? 너 때문에 우리 반 친구들이 리허설을 못 했잖니?"라고 야단을 쳤다고 한다.

혜빈이는 담임선생님을 만나면 그때 왜 나 때문에 친구들이 리허설을 못 했다고 하면서 야단쳤는지 묻고 싶어서 그 당시의 담임선생님을 만나보고 싶어 한다는 것이었다.

원장 선생님은 흔쾌히 꼭 찾아주마 약속하고, 교육청에 알아봤지만 현재 유치원에 근무하지 않는지 명단이 없다고 한다. 또 다른 방법으로 사람을 찾아보고자 경찰서를 통해 알아보려고 했지만 개인정보라서 알아볼 수 없다고 하였다.

사람 찾는 일을 고민하던 중 원장 선생님이 참여하는 단체모임에서 지인분이 sns(***그램)을 통해 알아봐 주겠다고 한다. 마침 sns의 위력이 실력을 제대로 발휘하여 ***그램을 통해 그 당시 담임선생님과 연락이 닿아 통화할 수 있었다.

혜빈이의 담임선생님은 그사이 결혼을 하였고 아이를 키우면서 작은 어린이집에서 교사를 하고 있었다. 유치원 원장 선생님은 담임선생님께 자초지종을 이야기하고 혜빈이가 보고 싶어 하는데 만나줄 수 있겠느냐고 물으니 감사하게도 빨리 혜빈이를 만나보고 싶다고 하면서 한걸음에 유치원을 방문하였다.

혜빈이와 13년 전 담임선생님은 드디어 상봉하였고, 담임선생님은 혜빈이를 끌어안으면서

"혜빈아! 선생님이 미안해. 선생님이 너에게 너무 큰 잘못을 했구나. 그때 선생님은 대학을 갓 졸업한 스물두 살이었는데, 경험이 없고 미숙하다 보니 유치원생인 너희들이 너무 힘들게만 느껴져서 유치원 선생님이 정말로 하기 싫었단다. 그래서 빨리 학기를 마치고 그만두고 싶었던 시절이

었어.

경험이 없다 보니 너희들 가르치는 게 버거웠고, 유치원에서 도망치고만 싶었단다. 매일 퇴사할 날짜만 세면서 이 시간들이 가기만 기다렸단다.

그래서 너희들 돌보는 데 소홀했었구나. 정말 미안해……."

라고 하면서 펑펑 눈물을 쏟아냈다. 혜빈이는 선생님 말씀을 듣고 한참이 지나자,

"이제 됐어요. 선생님!

나는 선생님이 '너 때문'이라고 해서 내가 친구들을 곤란하게 만들었다는 생각이 잊히지 않아서 왜 나 때문이라고 했는지 꼭 듣고 싶었어요. 이젠 이해가 됐어요."

라고 한다. 이렇게 혜빈이와 담임선생님의 극적인 만남으로 혜빈이의 어린 시절 암울했던 기억이 긍정적인 방향으로 흘러가고 있다고 하니 다행이었다.

지금은 혜빈이가 즐거운 대학생활을 꿈꾸며 열심히 공부하고 있다고 한다. 혜빈 엄마는 혜빈이의 건강을 위해, 아이의 감정을 제대로 읽고 싶어서 그사이 상담심리학을 전공하면서 대학원까지 졸업했다고 한다. 엄마의 위대함을 다시 한번 느끼게 되는 내용이었다.

혜빈 엄마는 본인의 불안 성향으로 너무 불안한 마음을 갖고 아이

를 키워서 혜빈이의 상황을 안 좋은 방향으로 끌고 갔다면서 죄책감을 갖고 있었다. 그동안 불안 성향을 가진 혜빈 엄마의 불안한 모습을 보면서 자랐기 때문에 혜빈이의 상태가 안 좋아진 것은 모두 엄마인 자기 책임이라고 생각했다고 하였다.

달님 유치원에 가서 원장 선생님을 만나보고, 자기가 생활했던 유년기의 유치원 교실도 둘러보고, 담임선생님께 사과도 받고 하는 과정에서 엄마와 진지하게 대화를 하게 되었고, 둘의 관계는 많이 회복되고 있다고 한다.

여기서 중요한 것은 어른들이 어린아이의 경험을 무심코 지나치지 않고, 어른들이 서로 협력하여 최선을 다함으로써 서서히 회복되어 간다는 것이 중요한 요지다.

어린 시절 치유되지 않은 상처를 품은 채 겉으로만 성인이 되어 아직도 유년의 시절에 머물면서 불행하게 살아가는 사람들이 있다. 혜빈이의 내면에서 울부짖고 있는 미해결된 문제의 서운한 감정들을 찾아내 보려고 상담사들은 노력했을 것이다.

내면에 자리 잡고 있는 오래된 상처가 무엇인지 알 수 없지만, 상담과정에서 상처를 하나씩 꺼내어 그동안 받아들이지 못했던 것들을 받아들일 수 있다면 그동안 상처받은 자아와 조화를 이룰 수 있는 지점을 만나게 된다. 그것들이 해결된다면 앞으로 더욱더 긍정적으로 변할 수 있을 것이다.

학자에 따라서 너무 유년의 기억들에 대해 관심을 갖고 집중하는 것은 건강하지 않다고 한다. 내면의 문제를 유년기의 기억 속에 갇혀 있는 어떤 외압에서 찾으려고 하는 시도는 현대인들에 의해 연구된 학습의 형태라고 주장하는 학자들도 있다.

그러나 혜빈이를 괴롭히는 근본적인 고통, 그것이 무엇이든지 자기 자신을 믿고 자존감을 높이려고 하는 자세가 필요하지 않을까 생각해 본다.

달님 유치원 원장 선생님의 긴 이야기를 들으면서 그동안 힘들게 고통받았을 혜빈이가 머릿속에 그려지면서 눈시울이 붉어진다. 우리 주변에 있는 어린 시절 위로받고 싶었던 기억으로 힘든 사람들이 있다면 먼저 손을 내밀 수 있어야 한다.

달님 유치원의 이야기는 어린이집 원장 선생님인 나에게 아이들의 유년의 기억들이 억울함과 원망 등으로 미해결된 채 내 안의 또 다른 아이의 모습으로 성장하지 않도록 잘 키워야겠다는 다짐을 하게 하는 이야기였다.

반드시 아이가 사랑받고 있음을 먼저 가르쳐라.
그래야 다른 모든 것을 배울 준비가 된다.
– 아만다 모건 –

롤모델이 된다는 것

원장님!

오늘 원장님 만나 뵙고 에너지 팍팍 받아서 돌아왔습니다.

신경 많이 써주신 만큼 열심히 준비해서 꼭 좋은 성과를 얻을 수 있게 열심히 준비하겠습니다. 바쁘신데 오늘 특별한 시간 내주시고 코멘트까지 해주셔서 정말 감사드립니다.

아이들 좋아해서 아동복지학과를 선택하였고, 일을 하면서 보람을 느끼는 직업이라서 대학원에 진학하여 계속 공부를 할 수 있었습니다. 이 일을 평생 하고 싶고, 꼭 이루고 싶었던 꿈이 있었습니다. 이렇게 원장님을 만나 뵙고 친분을 쌓을 수 있어 참 많이 힘이 되고 의지가 됩니다.

원장님! 정말 감사합니다.

믿어주신 만큼 더 열심히 잘하겠습니다. 감히 원장님을 '롤모델'로 생각하고 부족하지만 늘 공부하면서, 고민하면서 원장님을 닮아가도록 열심히 하겠습니다.

얼마 전에 후배는 예쁜 선인장을 사 들고 어린이집을 방문하였다.

1시간 정도 차를 마시며 어린이집 위탁받는 법, 위탁 시 프레젠테이션하는 법, 세상 돌아가는 이야기 등의 대화를 나누었다. 그녀의 목표가 무엇인지 잘 알고 있었기에 대화가 무척 유익했다.

위탁 심사를 기다리고 있다는 말에 짧은 시간이었지만 그녀에게 프레젠테이션을 해보게 하고, 나도 많이 부족하지만 선배로서 아는 만큼 피드백을 해주었다.

'절박함이었을까?'

절박함이 용기를 내게 해주듯 선배 앞에서 부끄러웠을 것 같은데 열심히 발표하면서 피드백을 받으며 몇 번을 연습한다.

일과 인간관계 사이에서 몰입을 할 수 있는 사람은 그만큼 삶의 질이 올라간다고 한다. 나비의 작은 날갯짓이 토네이도를 일으키는 것처럼 작은 변화를 일으키고, 지식과 경험은 다이아몬드보다 더 귀한 빛을 낸다.

화가 앙리 마티스가 그림을 그리면서 가장 중요하게 생각한 것은 바로 그림 안의 조화였다고 한다. 그 조화라는 것은 경험의 다양성이 축적되면서 질서와 조화를 이루며 살아갈 수 있다.

경험의 폭이 넓은 선배라는 직함은 그런 삶의 조화를 발견하게 해주는 역할일 것이다.

사전적 의미로 롤모델은 "어떤 한 사람을 정해, 그 사람을 표본으로 정하여 성숙할 때까지 모델로 삼는 것."이다. 그녀는 집으로 돌아간 후 나를 자기 인생의 '롤모델'로 생각하며 열심히 살아보겠다는 내용의 문자를 보내온다.

어떤 사람의 롤모델이 된다고 생각하니 부담이 크지만 후배로부터 앞으로 더 열심히 살아달라는 과제를 받은 느낌이었다.

며칠 후 그녀로부터 정말 반가운 소식이 왔다. 드디어 원하는 어린이집의 원장으로 임용되어 바로 출근하게 되었다는 내용이었다. 그녀가 그토록 가고 싶었던 90인 시설의 어린이집 원장 선생님으로 임용이 되었다니 대견하고 축하할 일이다.

누구나 간절히 원하면 이루어진다.

얼마나 그곳에 가고 싶어 했는지 잘 알기에 많은 축하를 해줄 수 있었다. 매사에 마음과 생각이 긍정적이었던 그녀는 일과 가정을 양립하면서 비전을 향해 늘 자신을 브랜딩하면서 미소를 잃지 않는 긍정적인 태도였을 것이다. 원했던 인생의 2막을 시작하며 이미 그녀는 성숙으로 무장된 또 다른 누군가의 '롤모델'이 될 것이다.

추억 선물 '달고나'

원장실에 퍼플 반 용기찬이가 들어오면서 보름달만 한 달고나를 메리 크리스마스 선물이라고 건넨다. 선물을 받아 들면서 나는 "이거 어떻게 떼어내는 거니?"라고 물었다.

용기찬이가 주는 선물에 대해 원장 선생님이 관심이 있어 한다는 것을 보여주고 싶었다. 순간 용기찬의 눈빛이 빛난다. '원장 선생님은 이걸 모르는구나.' 코를 씰룩이며 "이쑤시개로 살살 문질러서 떼어내면 돼요."라고 하며 유유히 퇴장한다.

요즘 넷플릭스 주가가 치솟고 있는 이유가 우리나라에서 만든 영화 〈오징어 게임〉의 영향력이라고 하더니 아이들까지도 〈오징어 게임〉에서 나왔던 옛날 과자인 달고나를 좋아하는 것 같다.

나의 유년 시절, 그때는 학교 앞이나 또는 시장 모퉁이에 달고나를 파는 상인들이 있었다. 길거리에 박스를 세우고 그 위에 연탄불을 피워서 국자 같은 그릇을 올려놓고는 설탕과 식소다를 비율에 맞춰 넣은 후 나무젓가락으로 살살 돌리면서 예열을 하면 조금씩 부풀어 올랐다.

부풀어 오른 것을 설탕을 바닥에 흩뿌려 놓은 쟁반 위에 놓고 모양 틀을 올려서 손잡이가 달린 호떡 누름 판처럼 생긴 판으로 꾹 누르면 예쁜 모양의 틀이 찍힌 달고나가 만들어진다.

달고나의 열이 식으면 손가락으로 조심스럽게 모양이 깨지지 않도록 떼어내면 원하는 모양이 나왔다. 잘 떼어내면 덤으로 한 번 더 할 수 있게 해줬던 것 같다.

지금 생각해 보면 그때는 달고나조차도 사 먹을 용돈이 없었던 시절이었다. 그 당시 대부분의 아이들은 하교 후에 집에서 사용하는 국자를 가지고 석유곤로에 불을 붙이고, 설탕과 식소다를 넣어 달고나가 부풀어지면 쟁반 위에 올려놓고 맘껏 만들어 먹었다.

쇠젓가락을 사용하여 잘 벗겨지지도 않았고, 국자는 불에 그슬려 요리도구로 사용할 수 없게 만들어서 나중에 엄마한테 엄청 혼났을 것이다.

요즘에는 모양 틀이 예쁘게 제품으로 출시되어 있어서 아이들이 집에서 부모님과 함께 재미있게 만들면서 즐길 수 있다. 이름도 멋지고 귀여운 용기찬이 덕분에 화이트 크리스마스가 될 것 같은 크리스마스이브에 달고나의 추억을 떠올려 보았다.

모두 모두 메리 크리스마스!!!

고생했던 추억도 지나고 보니 상쾌하다.

-에우리피데스-

발가락을 찧다

사소한 일이 큰일이 되어 돌아오기도 한다. 아침에 일어나서 휴대폰을 집으려다가 침대 모서리에 발가락을 찧었다. 눈에서 별이 튄다. 띠로리~. 눈에 뵈는 게 없다.

가운뎃발가락을 잡고 펄쩍펄쩍 한 발로 뛰다가 바닥에 나뒹굴었다. 눈물이 찔끔 난다. 눈물을 찔끔거리면서 한동안 웅크린 자세로 발가락에 입김을 호호 불어주었다. 발가락은 점점 부어오르더니 시퍼렇게 멍이 올라온다.

'뼈가 부러진 건 아니겠지?'

한참을 넋 나간 사람처럼 있다가 조심스럽게 발가락을 움직여 보았다. 그나마 움직여지는 걸 보니 뼈는 부러지지 않은 것 같다.

신발을 신어보니 통증이 왔다. 그사이 발가락이 부어올라 신발이 작아진 것처럼 느껴진다. 아무래도 소염 진통제라도 먹어야겠다. 휴

일이 길어서 병원도 못 가는데 아쉬운 대로 집에 있는 파스로 발가락을 동여매 본다. 별일 없어야 할 텐데…….

발가락을 가만히 관찰해 보니 발가락들이 신발에 끼어서 원래의 자기 모양대로 생기지 못한 채 신발의 의지대로 막 생긴 것 같다. 그동안 눈에 보이는 부분만 신경 쓰고 살았지 막 생기도록 발가락에 신경을 쓰고 살지 않았던 것 같다.

어른들도 침대 모서리에 발가락을 찧으니 이렇게 아픈데 어린이집에서 아이들은 수시로 잘 부딪치고, 다치는 일이 일상이다. '우리 아이들이 책상 모서리에 부딪혔을 때 얼마나 아팠을까?' 앞으로 더 잘 공감해 주고 위로해 주어야겠다는 생각이 든다.

강풀 작가의 《안녕, 친구야》라는 동화책에서 읽었던 내용들이다. 문지방에 발가락을 찧고서 안방에서 자고 있는 아이의 엄마, 아빠를 울음으로 불러본다. 아무리 불러보아도 부모님께서 아이를 돌보러 나오지 않는 게 약이 올라서 더 크게 울어본다. 그러자 아이에게 담장 위의 고양이가 이렇게 말을 한다.

"네가 울면 우리 고양이가 우는 줄 알고 사람들이 싫어해."라며 담장 위의 아기 고양이가 발가락이 아픈 아이를 못 울게 한다. 아이들의 울음소리는 마치 고양이가 우는소리처럼 들리기 때문이다.

고양이가 아이에게 고양이 울음소리로 착각하니까 울지 말라고 한다. 지금은 나도 동화 속 아이처럼 너무 아파서 꺼이꺼이 소리 내어

울고 싶다.

대부분의 척수 동물이라면 뒷다리에 발가락이 있는데 사람은 한 발에 5개의 발가락이 있어 총 10개의 발가락으로 살아간다. 임산부가 임신 9주 차가 되면 태아의 팔다리가 길어지면서 손가락, 발가락이 생기기 시작한다.

엄지발가락은 2개의 뼈로 되어 있어 조금 두툼하고 넓게 생겼다. 나머지 발가락은 3개의 뼈로 이루어져 있다. 손가락보다 짧은 발가락은 5개의 갈라진 부분으로 땅에 의지하면서 사람이 직립보행을 할 수 있도록 도와주는 역할을 한다. 그중의 1개라도 없다면 균형을 잡을 수가 없어서 뒤뚱거리며 걷게 된다.

그러고 보니 우리에게 이렇게 소중한 발가락은 태아 때 만들어진 이후로 혹사를 많이 당하고 살았구나 싶다.

'열심히 사느라 지친 내 발가락들아! 그동안 너무 수고가 많았구나.' 이 순간부터 내 신체의 일부인 발가락들을 더욱 사랑해 줘야겠다.

2장

어린이집
보육교사

세상에서 가장 이상한 직업

전국의 대학에 있는 보육교사 자격증을 취득하는 아동학과와 보육학과는 없어져야 하고, 세상에서 가장 이상한 직업인 보육교사의 현실이 얼마나 참담하고 이상한지도 모른 채 아동학이나 보육학을 전공하면서 비싼 등록금을 내고, 시간을 허비하는 대학생활을 보내지 않기를 당부한다는 내용의 글을 지인으로부터 받아서 읽게 되었다.

어린이집은 보육교사에게만 희생과 인내를 요구하는 곳이니 보육학과나 아동학과를 전공으로 선택해서 아까운 청춘을 낭비하지 말라는 내용의 글쓴이 자신은 보육교사로 10년을 일했지만 손가락 관절염이 생겨서 지금은 그만두고 다른 일을 한다고 한다.

근무하는 동안 불합리했던 것들을 당연하게 여기면서 일했던 보육교사의 하루 일과를 적나라하게 나열한 것들을 읽어보니 현장에서 많이 힘들었던 것 같다. 몇몇 이야기를 제외하고는 보육현장의 현실을 그다지 왜곡시킨 내용이 없었기에 공감하며 고개를 끄덕이며 읽었다.

보는 만큼 알고, 아는 만큼 보인다고 보육의 현실을 아름답게 본다면 보배로울 것이고, 돼지우리로 본다면 한없이 험한 곳으로 보일 것이다.

보는 능력은 생각의 깊이를 결정한다. 초식동물은 눈이 옆에 붙어 있어 넓게 볼 수 있고, 육식동물은 정면에 눈이 있어 목표를 집중적으로 볼 수 있으니 이 둘을 합쳐서 보면 시력이 가장 좋은 매의 눈으로 정확히 볼 수 있을 것이다.

매의 눈으로 어떻게 하면 영·유아에게 사랑을 더 전달할 수 있을까? 이것을 고민하는 대한민국의 성공적인 인성을 지닌 진정한 수많은 보육교사의 측정할 수 없는 사랑의 무게를 무시하면 안 된다는 생각이다.

대한민국은 순수 국내 기술로 12번씩 설계를 바꾸고, 184차례나 연소실험을 거쳐 우주로 날아오르는 누리호를 직접 실현하는 능력을 지닌 인재가 있는 나라다.

영·유아 시기에 보육교사의 손에서 길러진 MZ세대가 주도권을 갖고서 승승장구하는 무한한 가능성을 지닌 나라, 대한민국은 그동안 보육교사의 노력이 세운 공헌 또한 잊으면 안 된다.

부모로부터 사랑을 많이 받고 자란 아동,

보육교사로부터 사랑을 많이 받고 자란 아동,

MZ세대들은 '자존감과 책임감이 있는' 어른으로 성장할 수 있었다. 묵묵히 본연의 업무를 해내는 보육교사는 영·유아에게는 자석 같은 친밀감을 주는 직업이고, 그 누구도 대신해 줄 수 없는 영·유아의 인생을 책임져 주는 아주 중요한 역할을 하는 사람이다.

나는 많이 부족하지만 '보육교사 전도사'라고 자칭할 정도로 어린이집에서 근무하는 것을 좋아하는 사람이다. 앞으로도 계속해서 자신을 존중할 수 있는 자기애의 마음을 지닌 보육교사들이 많아지기를 바란다.

보육교사는 대한민국 존립에 있어서 아주 중요한 역할을 하는 인재들이며, '세상에서 가장 중요한 일을 하는 가장 아름다운 직업'이다.

그래서 나는 사랑하는 사람을 안아주듯이 늘 수고해 주는 보육교사들을 그냥 꼭 안아주고 싶다.

진정한 서비스를 제공하기 위해서는 돈으로
살 수도 없고 측정할 수도 없는 성의와 정성을 추가해야 한다.

– 돈 앨든 애덤스 –

바다의 카나리아

아이들과 함께 L 아쿠아리움으로 현장학습을 갔다. 바다의 카나리아라고 불리는 흰색 돌고래인 벨루가가 환하게 웃으면서 반겨주니 아이들은 좋아서 어쩔 줄 몰라 한다. 우리나라에서 벨루가를 볼 수 있는 곳은 아쿠아리움뿐이다. 벨루가를 보기 위해 어린이집에서는 1년에 한 번 정도 벨루가가 살고 있는 아쿠아리움으로 현장학습을 간다.

벨루가는 매끈한 꿀피부에 순둥이 같은 웃는 표정을 보이며 호루라기 소리를 낼 수 있으니 사람들은 벨루가가 우리와 아주 친밀한 관계라고 생각한다.

북극이나 그린란드에 주로 서식하는 벨루가는 바다 동물이다. 태어날 때는 연한 회갈색의 피부를 가지지만 차츰 색소가 줄어들어 빙하에 살기 적합한 흰색으로 변했다고 한다.

무리를 지어 최소한 2년간은 어미와 함께 다니면서 사냥하고 살아가는 방법을 익혀 약 30년 이상 살 수 있는 동물이다.

벨루가는 청력이 발달된 바다 동물로 80km 거리에서 나는 소리까지 감지할 수 있으며, 수심 1,000m 이상의 깊이에서 25분간이나 잠수를 할 수 있다. 그러나 아쿠아리움의 깊이는 10m도 안 되기 때문에 벨루가는 스트레스를 받을 수밖에 없다고 한다.

바닷속으로 음파를 보내서 되돌아오는 사냥 방법을 사용하는데 좁은 수족관은 음파가 되돌아오는 시간이 너무 짧아서 아쿠아리움처럼 좁은 수족관에서 사는 벨루가는(사람이라고 한다면 평생 동안 이명(耳鳴)을 앓는 것처럼) 고통 속에서 살아갈 수밖에 없다고 한다.

보육교사들도 하루 종일 아이들과 시간을 보내고 퇴근하여 집에 가 있어도 아이들의 울음소리 등 이명이 계속 들린다고 괴로워하는 교사들도 있다. 벨루가도 보육교사처럼 스트레스가 많을 것이다.

야생에서 살던 동물은 다시 야생으로 보내주어야 한다고 동물 애호가들은 주장한다. 바닷속을 마음껏 헤엄치며 수심 깊은 곳까지 진입하여 먹이를 찾아 살아가야 하는 벨루가에게 아쿠아리움처럼 비좁은 수조는 흰고래가 서식할 수 있는 환경이 아닐 것이다.

남녀노소 할 것 없이 아쿠아리움에서 가장 인기 있는 벨루가는 아쿠아리움에 비싼 가격으로 팔기 위해 마구잡이로 포획하여 멸종위기에 처해 있다. 인간의 욕심으로 환경은 오염되고 생태계는 파괴되고 있는 중이다.

아기처럼 순수하고 천진한 미소를 짓던 벨루가를 보며 좋아했는데 오늘 아침 뉴스에서 벨루가의 폐사 소식을 전해준다. 다시 바다로 보내주려고 아쿠아리움에서 바다로 이동하면서 결국 인간의 위력 앞에서 패혈증으로 사망한 것이다. 아침 뉴스를 듣고 하루 종일 마음이 불편했다.

고래는 원래 의식적으로 숨을 쉬며 사는데, 자기가 살기 싫으면 숨을 쉬지 않고 자살을 할 수 있다고 한다. 자신의 실제 모습을 감추고, 만나는 사람들에게 환하게 웃어주며, 가면을 쓴 채 페르소나의 모습으로 사람들을 즐겁게 해준 것은 아닌지 모르겠다.

그동안 쌓인 스트레스로 의식적으로 숨을 쉬지 않고 있었던 것은 아닐까라는 생각을 해본다.

보육교사라는 직업

코로나 확진자가 계속 발생하면서 보육교직원은 부지불식간에 코로나 확진자와 밀접 접촉자가 되어 많은 어린이들이 함께 지내는 어린이집 운영 상황에 막대한 지장을 초래하기도 한다.

코로나 상황의 어수선한 환경 탓인지 인근 어린이집에서는 각종 사건과 사고들이 발생하여 성실하게 보육을 담당하고 있는 보육직원들의 마음을 불편하게 한다.

보육교직원은 어린이집에서 아이들을 진심으로 사랑하고 정성을 다해도 사회 일각에서는 매체를 통해 알려진 보도로 인해 전체 보육교직원에 대해 미더운 마음을 갖는 것이 현실이다.

어린이집 원장으로서 보육현장에서 늘 노심초사하면서 책임과 의무로 안심 보육을 하고자 노력하는 보육교직원에게 항상 감사한 마음을 갖게 된다. 그러나 학부모에게 보이는 긍정적인 부분들은 아주

미미하여 가끔은 오해를 사기도 한다.

점심시간에 각 보육실을 둘러보는데 만 1세 반 영아들은 점심식사를 한 후 양치를 하고 있었다. 화장실 세면대 앞에서 아이들의 눈높이에 맞춰 화장실 바닥에 무릎을 꿇고서 양치 지도를 하는 20대 교사의 모습을 보면서 울컥해진다.

그럼에도 불구하고 원장 선생님은 다음과 같은 것들을 보육교직원들에게 다짐받을 수밖에 없다.

• 오랫동안 울지 않도록 적절한 지원을 합시다.

자연의 싱그러움을 보면서 아름다움을 배우고, 나무에서 맥없이 떨어지는 과일을 보면서도 뉴턴처럼 중력의 무게를 배울 수 있고, 순수하고 천진난만한 아이들을 보면서 사랑을 배우고, 지혜가 쌓여 여물어진 어른을 보면서 공경과 겸손을 배워야 합니다. 그것이 참다운 배움의 방법입니다.

아이들에게 거짓 친절이 아닌 참다운 사랑을 많이 줍시다. 어른이 보기에 이유 없이 우는 아이의 울음이 무엇을 원하는 것인지 알 수 없어도 너무 길게 울지 않도록 합시다.

• 친구들이 보는 앞에서 훈육하지 맙시다.

부모님 앞에서 영·유아는 '선생님 역할놀이'를 하면서 보육실 안에서 교사가 훈육하는 모습을 그대로 보여줍니다. 영·유아는 어른이 되기 위해 자라는 것이 아니라 천천히 자라면서 어른이 되어가는 많은 것들을 배워가기 시작합니다. 조금은 느리고 어수룩하게 보여도 기다림과 인내를 가지고 기다려 주면 아이와 마음의 길이 열리게 됩니다.

만 2세 정도면 자존감이 형성되는 시기입니다. 아이들 마음속으로 스며들어 가 아이들이 생각하고 행동하는 방식을 배워야 합니다.

가장 좋은 교육은 아이들에게 훈육하기보다는 '웃음'을 가르치는 일이랍니다.

• 아이들의 말에 귀 기울여 주는 교사가 됩시다.

경청은 귀로만 하는 것이 아니라 눈으로 하고, 입으로 하고, 마음으로 하는 것입니다. 몸짓과 눈빛으로 표현하는 아이들의 반응에 민감해집시다.

귀 기울이면 아이들의 마음을 얻을 수 있습니다. 아이들의 머릿속에 부는 바람 같은 마음의 흐름을 살피는 일이 교사가 하는 일입니다. 보육교사라는 직업은 '끝없는 기다림의 일'입니다. 지루하지만 인내를 생활화하고 호기심 강한 아이들의 어떤 질문에도 경청하는 자세가 필요합니다.

• 작은 목소리로 말해줍시다.

옹알이처럼 웅얼거려도 아이들의 말을 찰떡같이 알아들으면 아이들은 좋아합니다. 교사는 교실의 조용한 햇빛과도 같아서 교실을 환하게 비추어야 교실이 밝고 따뜻해집니다. 해를 보지 못한 식물은 광합성 작용을 하지 못해 잘 자라지 못합니다. 그래서 교사는 밝고 따뜻한 감정의 목소리의 톤을 유지하고 환한 미소로 대하려고 노력해야 합니다.

보육실의 평화를 만드는 사람은 보육교사입니다. 작은 목소리로 말할수록 아이들은 귀를 열고 더 잘 들어보려고 애를 쓴답니다.

• 배움의 끈을 놓지 맙시다.

학교에서 배웠던 지식들이 현재에 적용하려면 절반의 효과밖에 없습니다. 한 해 한 해가 지날수록 교육의 효과는 줄어들어 결국 아무 쓸모가 없어집니다. 아무리 훌륭한 교육을 받은 사람도 3년만 공부하지 않으면 그 사람이 지닌 지식은 무용지물이 되어 지식이 반감됩니다.

교사 직무교육 및 의무교육은 교육 담당자의 안내에 따라 제시간에 신청해 주시고, 교육을 완료해 주시기 바랍니다. 교사교육 등 제때 받지 않아서 교사로서 불이익을 받지 않도록 각별히 주의합시다.

교육은 인간을 품위 있는 삶을 살도록 하며, 치열한 경쟁 사회에서 '출발선의 평등'을 만들어 주는 완벽한 장치랍니다.

• 휴게시간을 잘 지킵시다.

휴식은 허비하는 시간이 아닌 생산의 시간입니다. 열정을 갖고 소망을 이루기 위해 달려가야 한다면 휴식을 즐기세요. 휴식이 주는 나만의 여유를 느껴보세요.

사람의 두뇌는 영양상태가 좋을 때 더욱 차분해집니다. 휴게시간을 이용하여 쿠키 한 조각과 커피 한 잔의 사치를 즐겨보세요. 만 원이 주는 행복을 알게 됩니다.

• 인사가 만사형통입니다.

인사는 인간관계의 첫걸음입니다. 인사는 내가 먼저, 상대방의 눈을 보며, 밝은 음성과 밝은 미소로 합니다.

매일 마주하는 학부모, 아이들, 동료 간에는 경쾌한 인사말로 인사를 나누면서 하루를 신나게 보냅시다. 그러면 인생이 즐거워집니다.

"안녕하십니까! ○○○ 선생님, 안녕하십니까! ○○○ 어머님, 사랑합니다. ○○○."

• 교직원 간 예의를 지키며 즐거운 직장생활이 됩시다.

높은 산을 보고 그 기상을 배우지 않으면 진정한 깨달음을 얻지 못합니다. 선배는 후배에게 멘토가 되어주고, 후배는 선배에게 멘티가 되어 서로 이끌어 주고 격려하는 관계가 필요합니다.

자존감이 높은 사람은 스스로를 귀히 여기며, 다른 사람도 귀하게 여깁니다. 나만 귀하다고 여기는 자만심과는 다르며, 다른 사람을 배려하고 존중하고 사랑하는 것이 진정한 자존감입니다. 한결같은 동료애로 즐거운 직장생활이 됩시다. 행복과 불행은 한 끗 차이입니다. 그것 또한 내 마음속에 있습니다.

• 아이들은 교사의 관찰자입니다. 자기 언어를 점검합시다.

교사는 의무적으로 일과 중에 영·유아들을 관찰하여 수첩에 기록을 합니다. 그런데 관찰은 교사만 하는 일이 아니랍니다. 매일매일 교사의 뒷모습을 비추는 거울은 아이들입니다.

교사가 우연히 뿜어내는 말 한마디, 살면서 삶 속에 배여서 자신이 알아채지 못하는 사소한 습관까지도 아이들은 그냥 바라봅니다.

아이를 돌보면서 사용하는 자기 언어를 점검해 보세요. 반복적으로 사용하는 추임새나 어미가 있는지, 요즘 유행하는 줄임말이나 신조어를 사용하는 것은 아닌지. ~헐, 대박, 갑분싸, 지못미 등등.

교사의 인지 없이도 습관적으로 사용할 수 있습니다. 인지 못 하고 있는 그 지점이 바로 영·유아가 예리하게 획득하는 **'관찰'**입니다.

• 귀티 나는 나의 뒷모습을 만들어 봅시다.

나의 단정한 발자국, 나의 귀티 나는 뒷모습을 만드는 것은 내가 하고 있는 '보육'이라는 일에 대한 가치를 되새기는 일입니다. 무엇을 어떻게 하는지는 여러분의 앞모습에 나타나지만 왜? 굳이 나는 이 일을 해야 하는지는 여러분의 귀티 나는 뒷모습에 머물러 있습니다. 뒷모습까지도 아름다운 사람이 됩시다.

파종 시기가 다른 씨앗 같은 아이들에게 흙이 마르지 않도록 기후 변화에 예민하게 반응하도록 적당한 물을 주며 정성을 들여 키워줍시다. 아이들은 봄이 되면 나비가 찾아오는 화사한 예쁜 꽃으로 피어날지니 조금 힘들더라도 선생님이 담당하는 영혼이 맑은 꽃보다 더 아름다운 아이들을 많이 사랑해 줍시다.

여러분! 오늘 하루도 애 많이 쓰셨습니다. 여러분의 귀한 삶을 진심으로 응원합니다.

믿음이 있으면 산을 움직일 수 있으며
불신은 자기 자신의 실존까지도 부인한다.

– A 센베르크 –

숲에 중독(中毒)되자

약물이나 음식물에서 나오는 독성으로 인해 우리 몸에 기능장애를 일으키는 것 또는 특정한 사물이나 사상에 젖어 정상적으로 사물을 판단할 수 없는 상태를 중독(中毒)이라는 단어로 표현한다. 인간의 심신에 해를 주는 질병의 부정적인 의미로 쓰기도 하지만 인간의 정신에 유익하고 마음에 편안함을 주는 바람직한 집중을 긍정적인 의미의 중독이라고 할 수 있다. 나는 긍정적인 의미의 중독(中毒)을 숲을 통해 이뤄본다.

오늘은 아이들과 숲에 가는 날이다. 피톤치드 향이 뿜어져 어우러진 숲에서 자연과 하나 되어 호흡하며, 숲이 주는 에너지를 얻을 수 있게 숲에 중독되어 본다.

오랜만에 아이들과 바깥나들이를 하는 교직원들도 아이들과 함께 숲으로 향하는 즐거운 마음으로 발걸음이 가볍다. 아침 등원부터 아이들의 얼굴은 상기되어 있고, 목소리는 한층 격앙되어 아이들은 등원하면서 이미 마음은 숲으로 가 있는 것 같다.

우리의 신체는 여러 호르몬으로 둘러싸여 있는데 아이들과 숲에 가서 숲 활동을 하다 보면 세로토닌, 도파민, 엔도르핀 등이 샘솟는 것을 느낄 수 있다. 흔히 우리들이 알고 있는 세로토닌, 도파민, 엔도르핀 등 모두 중독과 관련된 호르몬들이다.

설탕, 술, 소금, 매운맛 등은 모두 이 중독(中毒)이라는 단어를 연상시키며 사람들을 현혹시키는 물질들이다. 특히 매운맛은 통증을 표현하는 맛으로 아픔과도 같은 통증이다. 이러한 것들을 이겨내기 위해 우리 몸에서는 여러 가지 호르몬들이 반응한다.

우리는 숲을 통해 여러 가지 호르몬들이 작용하는 것을 느낄 수 있다. 숲에 가면 우리 뇌의 앞부분을 관장하는 전두엽은 계산하고 잔머리 굴리는 일을 멈추고, 편도체의 감정을 느끼는 뇌는 활성화가 이루어진다.

또한 잔소리하기, 뒷담화하기, 내기하기, 조깅하기 등은 모두 중독과 관련된 행동들이다. 이러한 것들은 모두 우리가 알고 있는 호르몬의 중독에서 시작된다.

'행복'하면 떠오르는 호르몬은 세로토닌이다. 우리의 본능을 사용하는 세로토닌은 뇌의 전체적인 에너지를 담당하여 뇌의 에너지를 관장하며 주의력과 기억력을 향상하고 생기를 불러일으킨다.

환경이 변해도 우리 뇌는 일정한 기능을 유지하려고 하는 성질이 있는데 이것을 '항상성'이라고 말한다.

세로토닌은 우리 몸의 항상성을 유지하며, 불안이나 공포를 조절해서 위험을 대비할 수 있게 해주고, 수면의 욕구나 식욕의 욕구와 같은 아주 기본적인 기능을 조절하여 사고의 유연성을 발휘할 수 있도록 도와준다.

우리 신경계 전체에 분포되어 있는 엔도르핀이라는 호르몬은 우리 몸 안에서 생산되는 마약(모르핀)과 같은 물질이다. 실제 모르핀보다 약 800배나 높은 효과를 갖고 있어서 우리 몸의 통증을 줄여주고 생명을 보호하기 위해 분비되는 호르몬이다. 우리 몸이 행복할 때 나오는 물질이 아니라 통증을 느끼면 분비되는 물질이라고 할 수 있다.

엔도르핀이 통증 조절에 관여하는 물질이라는 것을 알 수 있는 예로 우리가 침을 맞을 때 따끔거리는 강도가 아프더라도 참을 만한 아픔으로 느끼는 마취 효과가 있다는 것이다. 아픔을 이기기 위해 우리 몸은 부단히 이러한 엔도르핀을 사용한다.

지나치게 비관적인 사람은 엔도르핀을 과다 소모하여 생명력을 감퇴시킨다. 즐겁게 살면서 계속 웃어줘야 엔도르핀을 소모시키지 않고 다량의 엔도르핀을 소유할 수 있다. 그러나 마냥 웃는다고 엔도르핀이 분비되는 것은 아니다.

거짓 웃음을 사용하면 엔도르핀을 소모시킬 수 없어서 아무런 효과가 없다. 가슴에서 우러나오는 참 웃음을 가져야 엔도르핀의 양이

줄지 않으며 계속해서 분비되어 생명력을 가질 수 있는 것이다.

도파민은 인간의 행동을 학습하고 습관화시킬 수 있는 신경전달물질로 행복하거나 기쁘거나 즐겁거나 환희의 감동을 느낄 수 있는 상황에서 분비되는 본능의 호르몬이다. 도파민이 부족하면 신경전달물질 사이에서 불균형이 생겨 신경정보처리에 문제가 발생할 수 있다.

예를 들어 부모가 자식을 과잉보호하게 되면 부모는 뿌듯할지 모르지만 자식은 도파민이 부족해질 수 있다는 것을 알아야 한다. 도파민이 너무 과하거나 부족하면 조현병이나 우울장애를 겪을 수 있다. 도파민은 무언가 하고 싶다는 의욕이 생기거나 해냈을 때 성취감을 느끼게 하는 것이다.

숲으로 가자! 아이들과 함께 숲에 중독되어 세로토닌을 활성화하여 향기를 맡자. 고개를 높이 쳐들고, 척추는 반듯하게 세우고, 숲으로 걸어가 보자. 나무를 향해 심호흡하며 농도 짙은 피톤치드를 흡입하며 눈을 크게 떠보자. 그리고 우리가 쉴 수 있을 만큼의 숨을 크게 쉬고 호흡량을 늘려보자.

어린이집에서 교사들은 비가 오나 눈이 오나 하나같이 아이들과 함께 손을 잡고 숲을 간다. 숲으로 간 아이들의 머릿속에서 시원한 바람이 불고, 몸과 마음이 편해지고, 호르몬이 달라진다. 몸과 마음,

영혼이 즐거워지고 행복하게 해주는 세로토닌, 도파민, 엔도르핀 호르몬이 분비된다.

아이들의 마음은 하늘을 닮아가고, 지렁이에게 이불을 덮어줄 수 있고, 개미집을 함부로 부수지 않게 되고, 애벌레의 배고픔을 같이 느끼며, 자연의 촉감놀이에 심신이 편안해진다. 숲의 관찰을 통해 교실 밖에서 더 많은 정보를 받아들이게 된다. 어린이집 숲 활동 속에서 생태학자도 되고, 곤충박사님도 될 수 있다.

그러나 더 중요한 사실은 교사가 숲에 가면 들숨과 날숨의 숨을 쉬면서 숲의 선한 기운을 받아들인다. 뒤틀어지고 흐렸던 기운을 밖으로 밀어내며 뇌가 맑아지면서 답답한 가슴은 뻥 뚫려 편안해지고, 따뜻해지는 것은 느끼게 된다.

피톤치드 향 가득한 호흡으로 세로토닌이 활성화되고 짜증 나 있고, 스트레스로 화가 나 있던 호르몬에 행복물질이 분비된다.

숲은 이렇게 살아 있는 교육을 통해서 더 큰 수확으로 다가와 교사들의 마음에 행복함이 고조된다.

어린이집에서 담임교사가 아이들을 직접 숲에 데리고 다니지 않아도 숲 교육이 가능해진다. 담임교사만 숲을 가더라도 세로토닌이 활성화되면서 담임교사가 행복해지면 아이들은 덩달아 자연을 닮은 행복을 느낄 수 있다는 것이다.

숲에 중독되어 보자! 평생을 살면서 내면의 평화를 만들어 가는 영·유아시기에 자연이 주는 공간, 숲에서 바른 인성이 이루어진다. 숲을 통해 스스로 공부하며 건강하고 행복한 아이로 성장할 수 있을 것이다.

우리는 언제든 사실을 있는 그대로 받아들일 준비를 마친 강한 정신을 지니고 있어야 한다.

– 헤리 S. 트루먼 –

나는보육교사가 싫어요

계속 입에서 흥얼거리게 되는 중독성이 강한 비트의 임창정 가수가 부르는 '나는 트로트가 싫어요'가 요즘 유행하고 있다. 노래 가사를 잘 들어보면 '트로트가 좋다'를 반어적 표현한 '트로트가 싫다'라고 써진 가사다. 들을수록 중독성이 강한 뽕짝 스타일이다.

팝송이나 샹송, 최신가요만 좋아했는데 길 가다 흐르는 찰진 멜로디에 하늘을 보며 가슴 터지게 불러보게 된다는 내용이다.

"사랑은 얄미운 나비인가 봐~~."

음악 취향이 남달라서 R&B, 힙합, 재즈를 좋아했고, 트로트는 너무 올드해서 싫어했는데 나도 아빠처럼 나이가 들어가니 트로트 멜로디가 좋아졌다는 것이다.

노래가 좋으면 가수가 좋아진다. 재치 있는 임창정 가수만의 노래 스타일과 그의 천부적인 넘치는 끼 부림이 밉지 않다. 그는 분명 음악 깡패, 음악 천재다.

　며칠 전부터 어린이집에는 유아교육과 학생들이 보육실습을 나와서 영·유아들의 놀이 속에 합류하여 앞으로 교사생활에 필요한 것들을 습득하는 중이다. 대부분의 실습생들은 성실하게 실습 기간을 채우지만 어쩌다 한두 명은 대놓고 "나는 보육교사가 싫어요."라며 보육실습을 거부하기도 한다.

　본인에게 보육교사라는 직업은 맞지 않다고 하면서 졸업을 해도 보육교사는 하지 않을 것이라고 한다. 이유를 물어보면 보육교사라는 직업이 너무 힘든 것 같고, 자존감도 없고, 볼품도 없고, 기타 등등. 그래서 별 매력을 못 느낀다는 것이다.

　앞으로 졸업을 해도 보육교사는 안 할 거니까 실습도 그만하고 싶다고 한다. 담당 실습 지도 선생님은 어르고 달래어 실습을 끝까지 잘 마치고 학교로 돌려보내려고 애를 쓴다.

　6주 동안 실습생은 보육실을 참관하고, 부분 수업과 전일 수업을 해보면서 등원하는 영·유아들과 학부모를 맞이하고, 간식을 제공하고, 점심을 먹이고, 바깥놀이 다녀오고, 낮잠 재우고, 잠자리 정리해 주고, 종일 놀아주고, 씻겨주고, 닦아주고, 숨도 돌리지 못하게 급박하게 돌아가는 어린이집의 하루 일과에 적응하는 실습생에게는 버거웠을 것이고, 보육교사라는 직업이 멋지게 인식될 리가 없다.

　'나는 트로트가 싫어요'라는 노래는 '트로트가 좋아요'의 반어적인 표현이지만 실습생의 "나는 보육교사가 싫어요."는 정말 싫다는 직설적인 표현이다.

보육교사라는 직업! 폼 안 나고, 힘만 들고, 온몸으로 봉사하는 어려운 직업이다. 그러나 다시 생각해 보면 어떤 직업이라고 편하고, 쉽고, 마냥 멋지기만 할까?

보육교사라는 직업은 사람을 다루는 직업이기에 다른 직업군과는 달리 평가받는 직업이다. 폭포처럼 쏟아지는 학부모의 각종 민원에도 대응해야 하고, 연간 25개 이상의 다양한 의무교육에도 모두 참여해야 한다.

아동학대로 자칫 의심받지 않으려면 훈육도 고상하게 하고,

'내 몸은 소중해요!' 성교육 전문가도 되고,

창의적인 놀이 학습을 유도하는 놀이 전문가도 되고,

'낯선 어른을 따라가지 않아요' 실종 유괴 예방교육 전문가도 돼야 하고,

손 씻기, 위생관리교육 등의 감염병 및 약물 오남용 예방교육자도 돼야 하고,

'불이야! 불이야! 불났어요. 대피하세요!' 소방대피 전문가도 되고,

심폐소생술로 위험에 빠진 영·유아를 찰나에 살려야 하며,

부모님들이 안심하고 자녀들을 맡길 수 있도록 실시간 사진을 찍어서 키즈 노트에 업로드시켜야 하는 포토그래퍼도 되어야 하고,

아이들 하나하나에 레이더를 꽂고 드론처럼 지켜봐야 하는 프로 관찰차도 되어야 하는 결코 쉬운 직업은 아니다.

그러나 누군가의 인생에 첫 발자국을 내딛는 데 기폭제가 되어줄 수 있는 의미 있는 직업이기도 하다. 가치 있는 직업으로 인정받기에는 아직은 가야 할 길이 멀고 시간이 더 필요한 직업이지만 낙숫물이 바위를 뚫는 날이 올 것이다.

역으로 보육 전문가가 되어보면 어떨까? 임창정 가수처럼 음악 천재가 아닌 '보육 천재'가 되어보면 어떨까?

아이들이 좋아서 당연히 보육교사라는 직업에 관심을 갖고 전공으로 선택한 '나는 보육교사가 싫어요'가 '나는 보육교사가 좋아요'라는 당연한 반어적인 표현이 되기를 기대하는 나는 '보육교사 전도사' 어린이집 원장 선생님이다.

잠시 쉬어가도 좋다

"으아앙~." "아 앙~~~."

보육실 안에서 영아의 울음소리가 오전 내내 끊이지 않는다. 육아 휴직을 마치고 직장으로 복귀하게 된 엄마는 어린이집에 4개월 된 영아를 입소시켰다.

처음 영아가 어린이집에 등원했을 때는 첫 돌이 되지 않았기 때문에 뭘 모르고 적응하였지만, 돌이 지나고 나니 아침마다 엄마와 헤어지는 것이 무엇인지 알게 되면서 불안감을 갖게 된 것이다.

오전에 엄마와 헤어질 때부터 점심시간까지 울음으로 일관한다. 옆에서 지켜보는 교직원들은 아이가 아플까 봐 걱정이다.

영아가 계속 떼를 쓰며 울음으로 일관한 지 벌써 한 달이 다 되어 간다. 영아는 엄마가 어린이집에 자기를 두고 가면 담임선생님은 자기만 보고 있으라고 한다.

담임선생님은 한 반에 정원이 세 명이기 때문에 또 다른 두 명의 영아도 돌봐줘야 한다. 교사의 손에서 떨어지지 않으려고 하고, 바닥에 내려놓지도 못하게 하면서 계속 안아달라고만 한다.

20대 중반, 몸무게 47kg인 교사가 돌이 지난 영아를 안고서 동시에 다른 영아 둘을 돌봐주는 일은 타고난 체력이 있지 않은 한 여간 힘든 일이 아니다.

오늘도 여전히 점심시간이 다 되도록 어린이집이 들썩거릴 만큼 영아는 계속하여 목청을 높이며 울음을 그치지 않는다. 보조교사가 들어가서 달래보아도 소용이 없고, 오로지 담임선생님만 찾으며 안고 있으라고 한다.

0세 반 담임교사는 영아의 성장과 발달을 위해 하루 종일 영아 중심, 놀이 중심의 표준보육과정을 진행하며 어린이집 상황에 따라 유연성을 발휘해야 하는 직업이다. 그중에서도 영아반 담임은 부모와의 소통이 가장 중요한 부분인데, 객관적인 사실을 토대로 정기적 또는 비정기적인 상담으로 양방향 소통을 해야 하는 직업이다.

그러나 하루 종일 울음으로 일관하는 영아를 돌보는 담임교사는 자신이 제대로 돌보지 못했다는 죄책감으로 스트레스를 받는다. 또한 영아가 너무 오랫동안 울게 되면 아동학대를 의심하는 잠재적 범죄자로 오해하는 사회의 인식이 담임교사는 무척 부담스럽다.

하루 종일 울기만 했다고 전달하는 입장이 되면 부모에게 미안한 마음이 들고, 가슴은 답답하고, 직장생활에 어려움을 느낄 수밖에 없다. 어떤 교사들은 퇴근 후에도 아이의 울음소리가 귀에 맴돌며 환청도 들린다고 한다.

보육교사처럼 전 국민이 관심을 갖고 있는 예민한 직종에서 보육교사의 전문성을 강조하다 보면 때때로 보육교사는 '번아웃'이 된다.

직장 내 활동에서 심신이 지쳐서 기력이 소진되어 피로감으로 무기력증에 빠지는 증상을 '번아웃 증후군(burnout syndrome)'이라고 한다.

세계 보건기구에서 규정한 번아웃 증후군은 "성공적으로 관리되지 않은 만성적 스트레스"라고 정의한다.

전문가들은 이러한 증상은 사회적으로 도덕적 수준에 대한 기대감이 높거나 업무상 스트레스를 많이 받는 직업일수록 '번아웃 증후군'에 걸리기 쉽다고 한다.

전문성을 발휘하는 현장에서 번아웃 증후군으로 찾아오는 질병에는 수면장애, 우울증, 심리적 회피, 인지능력 저하 등으로 직장인의 85%가 겪고 있다.

보육교사처럼 스트레스가 높은 직업을 가진 직종에서는 대체적으로 우울감이 꽤 높게 평가되고 있다.

번아웃 증후군은 간단하게 자가 테스트가 가능할 수 있다고 한다.

- 아침에 눈뜰 때 자신이 별 볼 일 없게 느껴진다.
- 기억력이 옛날같이 않고 깜박 깜빡한다.
- 예전에는 아무렇지 않았던 것이 요즘엔 짜증 나고 못 참게 화가 난다.
- 어디론가 훌쩍 떠나고 싶다.
- 예전에 즐거웠던 일들이 무미건조하고 행복하지 않고 불행하다는 생각이 든다.

출처 - 〈MBC 다큐스페셜〉 '오늘도 피로한 당신, 번아웃'(2014.06.30.)

이러한 생각들이 많아지면 '번아웃 증후군'을 의심해 보자.

보육교사가 번아웃 증상이 느껴질 때 효율적으로 해결하기 위해서는 주변 사람들에게 "나, 힘들어."라고 말하고, 업무의 양과 근무시간을 줄이거나 휴가를 사용하는 것이 좋다.

지금 내게 꼭 필요한 일의 순서를 정해서 중요한 것부터 일관성 있게 진행해 나가고, 어린이집 교직원들끼리는 업무를 협력하여 조금 쉬운 업무로 분장하고, 학부모와는 사소한 것까지도 소통하려고 노력해야 한다.

번아웃 증후군을 예방을 위해서는 영화나 연극 등을 관람하거나, 평소에 가고 싶었던 여행지를 간다든지, 원데이클래스에서 손으로 할 수 있는 취미 활동을 하거나 요가 및 필라테스 등의 운동을 하면서 심리적 공백을 메워줄 무엇인가를 찾아보는 것이 좋은 방법이다.

그러나 어린이집의 현실은 말처럼 쉽지 않다. 일반 직장인들처럼 연차휴가를 내고 싶은 날에 본인의 의지대로 쉽게 휴가를 사용하기는 어렵다.

사람을 키우는 일을 하는 보육현장이기에 대체교사가 없다면 보육교사의 연차휴가는 자유로울 수가 없다. 그러나 어려운 상황이지만 누구나의 삶에는 잠시 '쉼'이 꼭 필요하다. 내 삶에 검은색이 보인다면 잠시 쉬어가 보기로 하자.

나는 매일 출근하기 싫다

바쁜 오전 일과를 막 끝내고 돌아서는데 6세 반 담임교사가 원장실로 들어오며 "원장 선생님! 드릴 말씀이 있어요. 뭐라 말을 못 하겠어요. 흑흑……."

목이 메어 말을 제대로 잊지 못하고 남자아이 둘을 원장실에 두고 나가버린다.

내가 가장 무서워하는 말이 교사들이 원장실로 들어오면서 "원장 선생님! 드릴 말씀 있어요."라고 하는 순간이다. 그럴 때마다 심장이 '쿵' 하고 내려앉아 수명을 단축하는 것 같다.

아마도 대한민국의 유치원과 어린이집 원장 선생님들은 모두 "원장 선생님! 드릴 말씀 있어요."라는 말에 긴장할 것이다. 영·유아 보육기관의 현실은 일반인들이 생각하는 것보다 더 어렵기 때문이다.

교사가 원장실을 노크하면서 드릴 말씀이 있다고 할 때 머릿속에 제일 먼저 스치는 생각은 '힘들어서 그만둔다고 하면 어떻게 하지?'다.

한 명의 교사가 하루 종일 스무 명을 돌보는 일은 AI가 아니기 때문에 무척 힘든 일이다. 그러고 보니 새 학기가 시작된 지 2개월밖에 안 됐는데 벌써 2번이나 눈물을 보이면서 아이들을 원장실로 데리고 들어왔다.

남자아이 둘은 교실과는 다른 원장실을 둘러보며 천진난만한 눈망울을 데굴데굴 굴리며 무슨 일로 원장실에 와 있는지도 모르는 것 같다.

원장실의 사면을 둘러보면서 보육실과 다른 집기류들을 만져보기도 하고, 잡아당겨 보기도 하며 담임교사의 심각한 고민과 상관없이 자기들끼리는 매우 즐거워 보인다.

"아가들, 이쪽으로 와보세요. 원장실에 왜 왔어요?"라고 물으니 마스크를 쓴 상태에서 "난 아가 아닌데……."라며 잘 들리지도 않게 웅얼거린다.

다시 한번 원장실에 온 이유를 물어보니 친구와 화장실에서 물장난을 치고 싸웠다고 한다.

며칠 전부터 올해 새로 임용된 꽃잎 반 담임교사는 스무 명이나 되는 아이들을 어떻게 다루어야 할지 고민이 많다고 하였다. 점심식사 지도, 양치 지도, 보육과 관련된 일상적인 일은 다 할 수 있지만 이렇게 말 안 듣고 제멋대로 힘들게 하는 아이들을 어떻게 돌봐야 할지 모르겠다고 하면서 그만두고 싶다고 한다. 게다가 교사는 아침마다 눈을 뜨면서 이 아이들을 생각하면 출근하기가 싫다고 한다.

교사는 매일 활동이 왕성한 아이들이 다칠까 봐 불안하고, 부모님의 원성을 들을까 봐 두려울 것이고, 계속적으로 반복되는 일상이 되면 우울감의 강도는 점점 세질 것이다.

오늘 아침에는 두통이 너무 심해서 병원에 다녀와야겠다고 한다. 스트레스가 많으니 몸에서 부작용이 생겼을 것이다. 교사가 병원에 다녀온 지 1시간도 안 되어 또다시 이런 사달이 났다.

보육 활동에서 벌어지는 반복되는 일상의 어려움에 원장으로서 명쾌한 해답을 주기는 어렵다. 다양한 아이들이 생활하는 어린이집에서는 이와 같은 상황들은 늘 빈번하게 발생하고 있고, 초임교사가 감내해야 하는 어려움은 경력교사에 비해 훨씬 더 어렵게 느껴지기 때문이다.

이러한 상황에서 원장으로써 해줄 수 있는 것은 "아이들은 하룻별에도 성장하고 달라지니 조금만 기운 내서 참아보자."고 담임교사를 달랠 수밖에 없다.

원장실에 남겨진 아이들과 잠시 놀아주고 다시 교실로 데리고 들어갔다. 그중의 한 아이는 작은 목소리로 담임선생님께 잘못했다고 한다. 그러나 얼굴에는 자기들이 무엇을 잘못했는지도 모른 채 천진난만한 표정이다. 담임교사에게는 미안했지만 원장으로서 남자아이들의 장난기 가득한 모습도 사랑스럽기만 했다. 이 또한 지나가리라……

마스크를 낀 채 단체생활을 하는 요즘의 아이들은 일상이 스트레스다. 몇몇의 아이들은 이른 아침부터 부모님 손에 이끌려 잠이 덜 깬 상태로 눈을 비비며 다른 친구들보다 2시간 정도 먼저 어린이집에 등원한다.

많은 시간을 좁은 보육실에서 친구들과 지내다가 오후 6시 이후에나 귀가하는 아이들에게는 장시간 어린이집에 머물면서 지내는 스트레스가 있을 것이다.

길어진 코로나19 상황으로 보육실의 환경도 많이 달라졌다. 등원하자마자 체온을 재고, 점심 이후에 또 한 번 체온을 체크하고, 손을 자주 씻어야 하고, 밖에 나가서 마음껏 뛰어놀지도 못하고, 하루 종일 똑같은 담임선생님, 똑같은 좁은 보육실에서 하루를 보내야 한다.

보육실 안에서 하루 종일 마스크를 써야 하고, 점심식사 시에는 가림막을 세워놓고 식사를 한다. 또한 낮잠시간에도 마스크를 '껴야 한다.'와 '아니다.'라는 의견에 대한 갑론을박의 연속이다.

요즘의 코로나19 상황에서 보육교사나 영·유아에게 나타나는 여러 가지 행동 변화 중의 하나가 '지독한 스트레스'를 갖고 있다는 것이다. 그러나 특별히 스트레스를 해소해 줄 만한 방법이 없다.

어린이집에서 하루 종일 보내는 아이들은 친구들과 함께 놀이하며, 재미를 탐구하고, 밖에 나가서 마음껏 뛰어놀아야 세로토닌이 분비되어 행복한 에너지가 만들어진다.

그러나 바깥놀이조차 차단된 상황에서 긴 시간을 좁은 보육실 안에서 아이들끼리 서로 부딪히며 놀다 보니 자꾸 싸우게 되고, 장난치게 되고, 서로 다칠 수밖에 없는 현실이다.

아이들의 놀이 공간은 끊임없는 탐구의 세상이다. 그 재미난 탐구의 놀이 공간이 차츰 사라지고 있는 지금의 현실이 아쉬울 뿐이다.

웃음을 잃지 말라.
일은 일일 뿐이다.
감정 상하지 말라

− 〈아무튼 출근〉 BC카드 이동수 대리 −

〈이상한 변호사 우영우〉 신드롬
(발달 지연에 대처하기)

요즘 넷플릭스에서 〈이상한 변호사 우영우〉를 보는 재미에 푹 빠져 있다. 변호사 우영우의 목소리가 어찌나 맑은지 긴 대사의 단어 하나하나가 귀에 쏙쏙 들어와서 법률용어마저 익숙해져 온다. 고래에 대한 이야기가 간간이 삽입되어 드라마 보는 재미를 더해준다.

변호사 우영우가 고래를 좋아하는 것으로 묘사한 것은 작가만의 특별한 의미가 있을 것 같다.

종종 변호사 사무실에 고래 액자로 걸어두는 경우가 있는데 그 이유는 인간관계에 문제가 있을 시 혼자 통제하기 어려운 일이 있다면 고래 액자는 주위의 여러 가지 사정의 상징으로 문제를 빨리 해결할 수 있게 해준다는 의미로 걸어둔다는 것이다.

어려운 순간에 고래가 떠올라 해결할 수 있는 아이디어가 샘솟는 〈이상한 변호사 우영우〉는 '자폐스펙트럼장애'를 가진 변호사로 드라마 내용이 아주 흥미롭다.

오늘은 '보육교직원이 알아야 할 영·유아 이상 행동 및 문제 행동의 이해교육'을 받기 위해 육아종합지원센터에 삼삼오오 보육교직원들이 강의 장소에 모여든다.

대부분 장애 통합 어린이집 원장 선생님과 장애 통합 반을 담당하는 담임교사가 교육대상이다. 날씨는 덥지만 경쾌한 발걸음으로 교육장에 들어서는 낯익은 원장님들과 교사들의 모습이 보인다.

자리에 착석하고 나니 바로 교육이 시작되었다. 지역에서 정신건강의학과 의원을 운영하시는 의사 선생님이 강사로 오셨다. 다른 강의는 잘 다니지 않는데 보육교사대상 교육이고 어린이집에서는 발달 지연이 되는 영·유아들을 돌봐주는 곳이어서 많이 알려주고 싶어서 오셨다고 한다.

수많은 경험을 지닌 정신건강의학과 의사 선생님은 영·유아기 아동의 발달 지연 징후와 대처 방법에 관한 이해교육을 시작으로 발달장애의 전반적인 내용을 짚어주신다.

최근에 TV 프로그램 〈이상한 변호사 우영우〉 덕분에 발달 지연이나 자폐스펙트럼장애에 대해 일반인들도 관심을 갖게 되고 많은 정보들을 알고 있다.

발달장애에는 전반적 발달 지연, 지적 발달장애, 자폐스펙트럼장애, 의사소통장애 등 여러 종류의 장애가 있다.

그중에서도 요즘 〈이상한 변호사 우영우〉 때문에 핫한 이슈로 떠오르는 '자폐스펙트럼장애'에 대해 좀 더 자세하게 알게 된 것 같다.

예전에는 자폐증이라고 하였으나 요즘에는 문제 행동에 복잡한 스펙트럼을 갖고 있다는 의미에서 '자폐스펙트럼장애'라고 한다.

3세 이전 영·유아기에 사회적 상호작용이 잘 안 되고, 눈 맞춤이 없이 특정 행동만 계속하는 경우 또는 언어가 잘 안 되는 경우에는 '자폐스펙트럼장애'를 의심해 봐야 한다.

영화 〈레인 맨〉의 더스틴 호프만의 연기, 〈말아톤〉의 조승우의 연기에서 볼 수 있는 것처럼 상대방과 눈 맞춤이 잘 안 되고, 얼굴 표정을 잘 알 수 없고, 손이나 손가락을 튕기거나 흔들기를 하면서 보디랭귀지의 사용이 상황에 맞지 않으면서도 제한적이고, 반복적인 행동이 어눌하다.

자폐스펙트럼장애는 발달 수준에 맞는 또래와의 상황이 잘되지 않고, 의사소통에 있어서 가장 큰 장애를 갖는 것이 특징이다.

상대방이 웃을 때 웃지 않고, 특정한 맛이나 냄새, 소리 등이 마음에 들지 않으면 화를 낸다거나 몸을 흔드는 것과 같은 반복적인 움직임을 보인다. 특히 언어적인 측면에서 목소리의 톤이 높고, 이름을 불러도 답하지 않고, 같은 문장을 계속 반복하고, 대화가 되지 않는 언어를 사용하면서 일반 아동에 비해 말을 많이 하지 않는 것 등이다.

영·유아기 아동의 발달 지연 현상들은 보육교직원들이 영·유아를 보육하면서 보이는 부분들이기에 정확히 관찰할 필요가 있다.

그렇다면 '영·유아기에 발달 지연으로 이러한 자폐스펙트럼장애

가 생기는 원인이 무엇일까?'

Harry F. Harlow의 실험에 의한 '헝겊 엄마, 철사 엄마'의 원숭이 애착실험에서 보면 우유병이 매달린 철사 엄마에게 우유는 받아먹지만 하루 종일 비비며 노는 곳은 헝겊 인형에게 다가와 포근함에 안주하며, 놀고 있는 원숭이실험 연구의 결과를 보면 애착은 발달과 밀접한 관계가 있다는 것을 알 수 있다.

영·유아기는 양육자에 의한 안정 애착 형성이 참으로 중요하다. 피부는 접촉을 통해서 정보를 주고받을 수 있다. 엄마와 얼굴을 마주치며 눈빛을 교환하고, 기저귀가 젖어 울면 곧바로 갈아줘야 하고, 배가 고파서 울 때는 바로 달려가서 젖을 물릴 수 있어야 하며, 옹알이 시기에는 함께 음률을 맞춰 마더구스를 해줘야 한다.

'아! 이 사람은 내가 믿을만하구나.'라고 영아가 느낄 수 있어야 한다.

소근육 발달을 위해 어린 시절 할머니 품에서 익혔던 곤지곤지, 죔죔, 도리도리 등의 전통놀이와 아빠표 비행기 태워주기놀이, 이불 미끄럼놀이 등으로 감각을 통합시키는 놀이를 해줘야 한다.

공 굴려주기, 간지럼 태우기, 발바닥 문지르고 조물조물 로션 바르기, 손과 발을 도화지에 대고 그리는 놀이 등 신체를 탐색하는 놀이를 통하여 애착 형성을 위해 매일매일 안아주면서 사랑을 확인시키는 행위를 해야 한다.

아낌없이 그늘을 내어주는 나무처럼 아낌없이 부모(양육자)의 몸을 희생해야 한다. 영·유아기에 발달장애를 갖지 않도록 양육자는 이렇게 애착을 형성하는 일이 중요하다.

오늘 정신건강의학과 원장 선생님께 들은 교육에서 가장 인상적인 내용은 "엄마와 매일 아침마다 어린이집 앞에서 떨어지기 싫어하는 영·유아는 엄마가 너무 보고 싶어서 슬피 우는 게 아니고, 엄마와의 애착 형성이 덜 돼서 엄마와 떨어지는 일이 무섭고 힘든 일이어서 어린이집 앞에서 계속 운다"는 사실이었다.

정신건강의학과 의사 선생님으로부터 들은 이 획기적인 이야기에 위로가 드는 건 나만의 착각일까? 그동안 어린이집 현관 언저리에서 발버둥 치며 우는 아이들은 어린이집이 재미없어서 엄마 치마폭을 놓지 않는 것이라면서 좀 더 놀이를 재미있게 확장시켜 주자고 했던 것이다.

발달이 지연되지 않도록 엄마가 필요할 때 언제라도 엄마는 안정적인 애착 형성을 위해서 아이의 곁에 있어 주어야만 한다.

대한민국 엄마들이여! 안전한 탄생의 축복에 감사하며 사랑을 느낄 수 있는 행복한 아이로 만들어 줍시다.

자녀들에게는 어머니보다
더 훌륭한 하늘로부터 받은 선물은 없다.
- 에우리피데스 -

시시포스의 반복된 하루처럼

추적추적 마지막 가을비가 내리는 11월 마지막 날 아침, 보육실에서는 아이들이 부르는 '루돌프 사슴 코'라는 12월 성탄을 맞아 노래로 활기가 넘친다.

"그 후론 사슴들이 그를 매우 사랑했네. 루돌프 사슴 코는 길이길이 기억되리~."

개나리 반 보육실에서는 보육교사의 피아노 소리에 맞춰 성탄 노래를 부르는 소리가 울려 퍼지고, 장미 반 보육실에서는 화음을 이루는 캐스터네츠 소리가 들려오고, 병아리 반 보육실은 아이의 울음소리가 들려오고, 새싹 반 교실에서는 까르르 까르르 웃는 소리가 담장을 넘긴다.

아이들이 즐거운 생활을 하는 어린이집에 근무하는 보육교직원들은 대부분 매일의 일과가 365일 거의 비슷하게 진행된다. 원장의 상황, 보육교사의 상황, 보조교사의 상황, 조리사의 상황에서 모두 다 같은 일에 종사하는 것처럼 보이지만 분야를 세분화해서 들여다보면 업무마다 특색이 다른 직군에 속해서 각자 주어진 역할을 한다.

대부분은 보육 위주의 비슷한 일을 하지만 개인마다 일에 대한 가치관이 다를 것이고, 직업에 대해 마음자세를 어떻게 갖느냐에 따라서 일에 대한 가치와 긍지와 보람도 다르게 느끼고 있을 것이다.

어린이집 운영관리가 주요 업무이면서 쇠똥구리처럼 어깨 위에 책무성을 이고 지고 다니는 원장 선생님이라는 직업에 대해 나는 어떤 가치를 두고 살고 있는지 가끔씩 생각하게 된다.

그저 한 달 동안 근무 잘해서 월급을 받는 것에 급급해하며 하는 일인지, 아니면 한 번 사는 인생에서 조금 더 잘 살기 위해서 해야 하는 일인지, 아니면 또 다른 무엇을 위해 해야 하는 일인지를 나 스스로에게 묻곤 한다.

- 내가 하는 일은 영·유아가 똑같은 내용으로 수만 번을 "왜"라고 물어도 늘 친절과 미소로 화답을 해줄 수 있는 일이어야 한다.
- 피곤해도 항상 온화한 미소와 변함없는 마음으로 사랑을 제공해 줄 수 있는 일이어야 한다.
- 내가 가진 행복한 마음을 아낌없이 나눌 수 있고, 아이들의 미소 속에 항상 행복해할 수 있는 일이어야 한다.
- 늘 진실함으로 아이들에게 다가설 수 있어야 하고, 아이들에게 받은 엔도르핀에 늘 감사를 할 줄 아는 일이어야 한다.

– 직원들에게는 귀감이 되어줄 수 있어야 한다라는 명제하에 그 어떤 철학이 있어야 한다고 정의 내리곤 한다.

가끔씩 보육현장에서 발생할 수 있는 크고 작은 사고와 사건들이 매스컴에서 종횡무진하는 특종이 되어 황색 언론으로 유명세를 치를 때마다 나의 직업을 되돌아보게 된다.

프랑스 작가 알베르 카뮈의 소설 중에 〈시시포스의 신화〉에 나오는 죄수의 화신으로 알려진 시시포스에 대한 이야기를 해본다.

시시포스는 코린토스 시를 건설하여 그 도시를 다스리는 왕인데 교활하고, 영리하고, 욕심 많고, 잔꾀가 많은 인물로 표현된다.

어느 날 제우스 왕은 시시포스의 만행에 분노하며 그의 목숨을 당장 거두어 오도록 죽음의 신을 보냈으나 트릭을 잘 썼던 시시포스는 죽음의 신, 타나토스가 오는 것을 벌써 눈치를 채고서 타나토스가 그를 데리러 오자 잔꾀를 부려 타나토스를 감옥에 가둬버린다. 그리고는 지상에서 장수하는 삶을 누린다.

결국 전쟁의 신 아레스가 와서 타나토스를 구출하고, 시시포스를 데려가지만 시시포스는 죽기 전 이미 잔꾀를 내어 아내에게 자기가 죽거든 제사를 지내지 말라고 일러뒀었다.

시시포스는 저승에서 제사를 받지 못하자 저승의 신, 하데스에게 코린토스에 있는 아내에게 제사를 지내도록 설득하기 위해 이승으로 다시 한 번만 보내줄 것을 부탁한다. 코린토스에 돌아간 뒤 저승에 다시 가는 것을 거부하고 코린토스에 남아 있다가 결국에는 헤르메스가 시시포스를 억지로 저승으로 돌려보내어 벌을 받게 했다는 내용이다.

시시포스가 장수를 누린 후에 수명을 다하자 신들은 그에게 신들을 기만한 죄로 무거운 형벌을 내렸다고 한다.

시시포스가 받는 벌은 시시포스가 산 정상에 다다르면 굴러떨어지는 돌을 다시 정상으로 올려놓아야 하고, 정상에 다다르면 다시 아래로 굴려 떨어뜨려서 산꼭대기로 다시 밀어 올리는 일을 되풀이하는 것이었다.

시시포스의 이런 모습을 인간의 삶에 비추어 보면 희망 없는 일을 반복해야 하는 인간의 삶 속에 나타나는 모습과 비슷한 것 같다. 과연 시시포스가 계속하여 반복되는 벌을 어떻게 견디낼 수 있었을까?

시시포스는 자기가 받고 있는 반복되는 이 형벌을 즐길 수 있었다면 견디낼 수 있지 않을까?

만약에 반복할 수밖에 없었다면 그 일을 즐겨야 하지 않았을까 생각해 본다.

끝없이 돌을 밀어 올리는 시시포스의 삶은 어쩌면 하루의 일과를 반복하며 보내는 보육교직원의 삶과 참 많이 닮아 있다는 생각이 든다. 번아웃된 보육교직원들과 상담을 하다 보면 반복되는 일과로 내가 왜 이 일을 하는지도 모르겠고, 목표도 없고 의미도 없이 아침에 눈이 떠져서 출근하는 것이다.

학부모들과는 눈 맞춤이 어렵고, 아이들은 하루도 빠짐 없이 등원하니 종일 아이들을 돌보다가 퇴근을 한다고 한다. 그러다 보면 쉬고 싶고, 그만두고 싶고, 다른 일을 찾아 떠나고 싶고 등등의 별별 생각이 다 든다는 것이다.

그것은 마치 시시포스가 받는 형벌처럼 돌이 왜 굴러떨어지는지도 모르겠고, 아무런 목표와 의미도 없이 돌을 밀어 올리는 시시포스가 받아야 하는 형벌의 반복된 삶과 같다고 표현하는 것 같다.

하지만 그 순간 나는 다시 돌이 굴러떨어질지라도 지금 이 순간 목표를 가지고 노력해서 돌을 밀어 올리는 사람이 된다면 시시포스가 받은 형벌도 피해갈 수 있지 않을까라고 말해주는 원장 선생님이 되고 만다.

다시 떨어질 줄 알면서도 끊임없이 굴려서 밀고 올라가는 것은 결코 효율적이지는 않아도 끝까지 잘되도록 노력하려고 하는 다함 없는 마음이 존재해야 할 것이다.

내가 하는 일이 가치와 긍지, 보람이 없는 일로 보이더라도 보육교직원들은 오늘도 영·유아를 키우는 일에 성의와 성심이 함께 있을 것이다.

대한민국 보육교직원들, 오늘 하루도 수고 많았어요!

퇴사를 해야겠어

교직원 회의를 마치면서 교직원들에게 2학기 교직원 면담지를 나눠주고 작성하도록 하였다. 매년 12월이면 의식적인 행사처럼 한 해를 보내면서 교직원들을 대상으로 면담을 해야 한다. 이듬해 어린이집 운영전략을 계획하기 위해서는 교직원의 근무 형태를 알아야 하고, 만약에 결원이 생긴다면 또 다른 교사를 채용해야 하는 절차가 있기 때문이다.

그중에 가장 중요한 부분은 아이들의 연령에 맞는 담임을 결정하고 배정해야 하는 이유라고 할 수 있다. 교사의 특성에 따라 유아반을 맡게 해야 할지 영아반을 맡게 해야 할지 정하는 일은 여간 고민되는 일이 아니다.

다음으로는 계속 근무자가 있는 상황이라면 예산서를 작성할 때 교직원의 승급된 호봉으로 예산을 세우고, 신입사원이 발생한다면 그 신입사원의 호봉으로 예산을 세우는데 어린이집 운영상 회계의 투명성을 위해서다.

마치 너 "그만둘래?" 아니면 "계속 근무할래?" 하고 묻는 것 같지만 교직원들에겐 1년에 한 번씩 꼭 치러야 하는 의식과도 같은 일이다.

평상시에 실시하는 면담은 근무하면서 어려운 점은 없는지, 힘들게 하는 아동은 없는지, 스트레스 상황은 없었는지 등의 면담이라면, 12월의 면담은 연간 행사처럼 내년도 근무 여부에 대해 물어야 하는 면담이기에 원장 선생님의 입장에서 다소 조심스러운 부분이다.

이러한 절차 없이 모두 근속하면 좋겠다는 생각하면서 면담지를 나눠주지만 속내는 그렇게 편하지 않다. 그중에서 한 명이라도 퇴사를 원한다면 차후로 해야 할 많은 일이 생기게 된다. 직원을 한 명 채용하고 그만두게 하는 것은 녹록한 일이 아니다.

원장 선생님의 입장에서 결격 사유가 있는 직원이라면 오히려 퇴사를 환영해야 할 일이지만, 그렇지 않은 경우라면 교직원들이 변동 없이 잘 근무해 주기를 바라는 마음이다.

올해도 어김없이 12월이 되었고 다음 연도의 운영계획을 세우기 위해서 교직원 면담은 반드시 필요한 절차였다.

아침에 출근하여 책상 위에 놓여 있는 교직원들이 작성한 면담지를 훑어보니 두 명의 면담지에 퇴사와 이직계획이 있다고 쓰여 있다. '무슨 이유로 그만둘까? 내가 뭘 서운하게 했을까?' 라고 떠올리는 것이 첫 번째 이유라면, 두 번째 이유로 떠오르는 생각은 '뭐가 힘들었지? 퇴사를 생각할 만큼 힘들게 한 것은 무엇일까?'라는 생각이다.

아무런 불평도 없이 4, 5년씩 근무한 교사의 이직 통보는 서운하기 그지없다. 그동안 익힌 직업에 대한 파워와 쌓인 정(精)도 있지만 경험치가 축적된 만큼 실무능력이 높기 때문에 떠나보내는 마음이 편할 리가 없다.

면담지를 펼쳐놓고 한 명씩 면담하면서 1년을 보낸 소감을 물어보았다. 면담 도중에 그렁그렁한 눈물을 보이면서 이러저러한 이유들을 말한다. 이래서 힘이 들었고, 저래서 힘이 들었고, 쉬고 싶고, 허리가 계속 아프고, 집이 이사를 가고…….

'그랬구나…….' '이십 대 중후반의 젊은이들은 참으로 고민이 많았구나…….'

올 한 해는 코로나로 인하여 전 국민에게 특별한 한 해였을 것이다.

'모두가 힘들게 한 해를 보내고 있었구나…….'

'그래서 힘들었구나…….'

'나도 힘들었는데 너도 그랬구나…….'

직장생활이라는 것은 직업을 통해서 사람을 성장시키고, 사람과 사람 사이에서 관계를 맺으며 정을 나누기도 하고, 주어진 상황에서 몰입하고 집중하는 일이다.

특히 요즘 같은 상황에서는 교직원들의 마음 챙김에 신경을 써야

하고, 그들이 직업군에서 몰입하고 집중할 수 있도록 적극적인 지원
이 필요하다는 생각이다.

취업포털 인크루트에서 직장인을 대상으로 퇴사 사유에 대해 조사
해보니 그 결과 중 상사의 잔소리(15%), 대인관계 스트레스(14.3%),
연봉(13%), 적성에 안 맞는 업무(9.3%)라고 한다. 나는 그중 1위를 차
지한 그런 직장상사(잔소리쟁이)는 아니었기를 바란다.

퇴사는 도전의 기회가 되기도 하고, 재충전할 수 있는 휴식이 되기
도 한다. 20대 젊은이가 선택한 퇴사, 또는 이직은 자신의 인생에 있
어서 '도전과 도약의 휴식'이 되는 계기가 되었으면 좋겠다.

때마침 라디오에서는 이민석의 '퇴사'라는 곡이 흘러나온다.

퇴사를 해야겠어, 더 이상 못 참겠어.
여길 떠나야겠어, 설득 따위는 됐어,
주변의 박수를 받으며 내 신발을 걸어,
'넌 착해 빠진걸' 바보처럼 받아주니까
얘네가 날 호구로 보는 거야.
화낼 줄은 알아도 그냥 또 참는 거야,
멍청하게 똑같은 사람 되기가 싫어서야.
쇼윈도에 날 진열하지 말아 줘.

− 이민석 노래 −

어린이집 셀프 컨설팅

모처럼 어린이집 셀프 컨설팅 평가 회의를 하기 위해 합정동에 위치한 서울육아종합센터까지 1시간 걸려서 회의 장소에 도착하였다.

각 구별로 선정된 셀프 컨설팅 팀들과 그동안 각 어린이집 안에서 이루어진 보육과정에 있어서 교직원들이 호소한 어려움에 대해 어떻게 어린이집에서 풀어서 적용했는지 토의하기 위한 만남이었다.

어린이집 셀프 컨설팅은 국공립 어린이집이 그동안 많은 확충으로 보육교직원 스스로가 어린이집의 특성과 상황에 맞는 표준보육과정 운영에 대해 어려움이 있다면 그 원인이 무엇인지 알아보고 보육교직원 스스로가 자기 점검을 하여 발전시키고자 함이었다. 다시 말하면 어린이집의 질적 수준의 향상이라고 할 수 있다.

어린이집 구성원들 간의 소통, 협력, 관계 맺기, 공공성, 책무성을 강화하고, 운영상 어려움을 고민해 보고, 해결책을 마련하여 성장시켜서 보육의 질을 맥락 안에서 파악하기 위해서는 어린이집은 자체적으로 점검하고 개선해야 한다.

셀프 컨설팅에 참여한 교직원은 철학적이고 윤리적인 고민을 하면서 성장하는 방법으로는 무엇이 있는지 알아보고 평가를 하기 위한 것이 아닌 고민을 해결해 보는 것이다. 셀프 컨설팅을 하기 위해서는 보육교직원의 자발적인 참여가 필요하고 그 활동을 통해서 교사는 영·유아 보육 활동에 집중할 수 있어야 한다.

우리가 맡은 파트는 '영·유아와의 소통과 협력'이었다. 교직원 회의시간에 각반 교사들은 보육 활동시간에 보육을 적절하게 어떻게 지원해야 하는지에 대한 어려움을 토론하였다.

0세부터 만 5세 반까지 각기 다른 내용으로 적절하게 지원해 주는 일이 어렵다고 한다. 특히, 만 2세의 경우 보육실이 아니 다른 장소에서 놀이하는 것을 좋아한다는 사실을 알게 되었다고 한다. 모든 교직원들은 이 안건에 대해 서로의 의견을 내고 결정하기를 영아가 다른 보육실로 갔을 때 바로 영아의 교실로 보내지 않고 교사들 간에 역할을 나누어서 다음과 같이 놀이 지원을 해보기로 하였다.

- 보육실이 아닌 다른 보육실로 놀러 다니는 영·유아의 놀이를 관찰해 보자.
- 다른 보육실에서 좋아하는 놀잇감을 알아보자.
- 교사들이 역할을 나눠서 일상 지도와 놀이 지도를 도와주는 데

개별적으로 배려해 보자.

– 다른 곳으로 가고자 하는 영·유아를 데리고 잠깐 보육실 밖에서 기분을 전환시켜 주고, 시간차를 두고 이동해 보자.

이러한 안건을 가지고 4주 동안 교사들 간에 서로 협의하고 소통하였다. 이렇게 진행해 보니 많은 변화가 일어난 것을 알게 되었다고 한다.

교사들의 변화를 살펴보면, 출퇴근 시에만 간단한 인사를 나누었는데 이제는 휴게시간이나 낮잠시간에 서로의 안부를 묻고 일상적인 소통을 하기 시작하였다.

담임 반을 혼자서 놀이 지원했을 때의 어려움을 전체 교직원이 함께 고민하는 기적이 일어났다. 셀프 컨설팅으로 동료 교사와 고민을 나누고 함께 협의하여 해결해 나가면서 구성원 모두가 성장하는 모습을 볼 수 있었다고 한다.

영아의 변화를 살펴보면, 다른 반에 가면 변화된 새로운 공간에서 놀이가 일어나니 좀 더 놀이가 다양해지고, 연령 차이가 많이 나는 유아와도 잘 어울리며 놀이하는 모습을 발견하였다. 결국에는 혼자 놀이에서 연령층과 상관없이 병행놀이로 변하게 되었다. 거기에는 보조교사가 배치되어 안전하게 놀이할 수 있는 발판이 되었다.

부모님들은 새로운 놀이 공간에서 월령이 다른 아이들과 생활해서 그런지 등원 시나 하원 시에 다른 반 영·유아를 만나거나 다른 반 교사와 만났을 때 낯설어하지 않고 반갑게 인사하고 등원을 한다. 그래서 부모님이 기대하는 어린이집이나 교사에 대한 신뢰가 전보다 향상되었다고 한다.

교사는 결국에 놀이 지원자가 되기보다는 영·유아가 놀이에 몰입하면서 놀 수 있도록 놀이를 지원하는 자율성을 강조하게 되었다. 흥미와 관심에 따라 자유롭게 참여하고, 스스로 선택한 놀이에 충분히 즐길 수 있도록 보육실을 개방하여 영아나 유아교사의 구분 없이 적극적으로 영·유아를 존중해 주었다.

개인차를 존중하며 흥미와 관심을 충족시켜 일과 구성의 흥미 공간을 사용하는 데 있으며, 놀이와 일상생활이 연결되는 것을 알 수 있었다.

따라서 영·유아는 재미있고 편안하게 일과에 참여하게 되니 아동중심 놀이가 되어 무척 즐거운 어린이집생활을 하게 되었다.

이렇게 나열하고 보니 온통 장점만 있는 것 같지만 처음 시작할 때 교직원들의 반응은 미온적이기도 했고 부정적이기도 하였다.

업무가 가중되는 느낌을 받았으며, 보육교직원의 자발적인 참여를 원하는데 원장 선생님이 강제로 시키는 것처럼 보였기 때문이다. 아직도 두 달 동안 더 진행을 해봐야겠지만 우선 시도는 긍정적이다.

청춘은 여행이다.
찢어진 주머니에 두 손을 내리꽂은 채
그저 길을 떠나도 좋은 것이다.

– 체 게바라 –

CCTV 보여주세요

어린이집은 유치원과 달리 보육실 곳곳에 CCTV가 부착되어 있다. 보건복지부에서는 어린이집을 교육부는 유치원을 관리한다. 두 부처 간에 어떤 차이점으로 똑같은 영·유아를 보육하는 기관에 어린이집만 CCTV 설치를 의무화하고 있는지 보육교직원들은 불만이 아닐 수 없다.

2015년 10월에 어린이집 내 CCTV 설치가 의무적으로 법으로 정해져 폐쇄회로 텔레비전 설치, 운영 및 관리기준을 준수하면서 관리책임자인 어린이집 원장은 어린이집의 영상정보처리기기의 설치, 운영 및 영상정보처리기기 관련 열람 요청의 접수 및 처리, 영상정보의 수집·처리 등에 관한 업무를 총괄해야 한다.

열람청구를 받을 때는 청구서를 받은 날부터 10일 이내에 열람의 허용 여부, 열람 일시, 장소를 결정하고 서식에 따른 열람 결정통지

서를 청구인에게 송부한다. 다만 아동학대 의심이 되는 경우에는 의사의 소견서가 있다면 열람청구서를 받은 즉시 열람하도록 되어 있는 규정도 있다.

금요일 오후 직무교육을 받고 있는데 달님 반 담임선생님은 다급하게 전화를 하며 울먹인다. 별별이와 댕댕이가 놀면서 자주 싸우는데 별별이를 못생겼다고 하면서, 자주 별별이를 때린다면서 부모님께서 댕댕이가 언제 어떻게 때리는지 CCTV를 보고 싶어 한다는 것이었다.

별님 반 담임선생님께 평소에 댕댕이가 때리는 상황을 목격한 적이 있느냐고 물었더니 평상시에 전혀 그런 상황이 관찰된 적이 없는데 별별이가 집에 가서 엄마한테 그렇게 이야기를 하였다는 것이다.

CCTV 열람 규정에 학대 및 안전사고로 신체, 정서적 피해를 보았다고 보호자가 요청하는 경우, 영·유아의 안전 업무 수행에 대해, 아동학대 사건 안전사고의 조사, 범죄 수사의 목적 등으로 요청이 있을 시 열람이 가능하다고 되어 있다.

전화상으로 별님 반 담임선생님의 이야기를 들었을 때는 영·유아의 안전 업무 수행에 대해 피해를 보았다고 보호자가 요청하는 것 같지만 정확한 판단을 해줄 수가 없어서, 교육 마치고 들어가서 안내해 준다고 하고 전화를 끊었다.

어린이집 입장에서 보호자가 CCTV 열람 요청을 한다고 해도 바로 열람해 줄 수는 없다. 절차에 따라서 열람 요청서를 받고, 열람 결정 통지를 하고, 부모에게 서약서를 받고 열람을 가능하게 해주는 기간이 10일이 걸린다.

가령 열람하더라도 궁금한 상황만 관찰되는 것이 아니라 다른 아동들까지 관찰되므로 개인정보보호 조치를 취해야 하는 까다로운 절차들이 있다.

CCTV가 보육실에 2대, 3대 정도가 설치되어 있는 곳에서 매일 근무하는 보육교직원들은 이제는 전혀 CCTV를 의식하지 않고 자연스럽게 아이들과 생활한다.

어린이집에서는 영상정보처리기기를 주 1회 이상 점검, 이해한 내부관리계획을 월 1회 이상 준수하는 상황을 확인하고, CCTV에 대한 지도 점검도 수시로 받는다. 그만큼 어린이집은 CCTV에 대해 아주 예민한 기관이 되어버렸다.

달님 반 담임선생님은 열람 요청서를 가정통신문과 함께 보내드리면서, 내일은 주말이니 학부모님께 주말 동안 별별이 와 자세히 대화해 보시고 어떤 상황에서 아이들이 싸우는지 알아봐 달라고 부탁을 하였다고 한다.

일요일 밤 10시가 다 되어 별님 반 담임선생님으로부터 주말 동안 원장님께서 걱정을 많이 하셨을 것 같아 문자로 먼저 말씀드린다고 한다.

결론은 엄마와 별별이가 소통하는 과정에서 오해가 생긴 것 같고,

별별이에게 엄마가 다시 확인해 보니 아니었다면서 댕댕이를 오해해서 미안하고, 선생님께 죄송하다고 하시면서 CCTV는 확인하지 않아도 된다고 했다는 것이다.

그러면서 별님 반 담임선생님은 덧붙이기를 "아동 안전 문제, 개인정보보호, CCTV 교육 등 아무리 교육을 받아도 막상 이러한 상황이 발생하니 너무 당황스러워 어떻게 해야 하나 마음이 혼란스러웠습니다. 그런데 원장님께서 침착하게 대처할 수 있도록 지도해 주셔서 감사합니다.

원장님께 걱정 끼쳐드려 죄송하고 내일 뵙겠습니다. 그래도 많은 배움이 있는 일이었어요."라고 한다.

문자를 읽고 '별님 반 담임선생님의 금요일이 얼마나 길었을까.'라는 생각과 심장이 제자리에 제대로 붙어 있는지 궁금해졌다.

별일이 없어서 다행입니다. 별님 반 선생님 파이팅!!!

보육 공감

어린이집의 하루 일과는 영·유아의 등원을 시작으로 활발하게 움직인다. 주말을 지내고 등원하는 왕용이의 울음소리가 어린이집 현관 밖에서부터 단지 내 아파트 건물이 흔들릴 정도로 울린다. 왕용이는 현관문을 잡고 어린이집에 들어가지 않으려고 엄마 팔을 잡아당기며 온갖 힘을 쓰며 에너지를 방출한다.

왕용이 엄마는 출근하기 위해 헤어지기 싫어하는 왕용이가 안타깝지만 교사에게 눈짓으로 인계하고, 왕용이의 시야에서 사라져 버린다. 그렇게 사라져 버리는 엄마의 모습을 보면서 왕용이의 서럽고 분한 울음소리는 더욱 거세지고, 교사보다 더 큰 힘을 쓰면서 현관문에 한쪽 발을 지렛대 삼아 밀면서 억울함을 호소하듯 으르렁대며 소리 내어 운다.

결국에 안전하게 고무패킹으로 단속해 놓은 현관문 안전 보호대가 찢어지고 만다. 그런 상황을 지켜보던 교사는 찢어진 보호대를 들고서 어리둥절해진 왕용이가 놀라지 않도록 최대한 침착하게 낮은 목소리로 "왕용아! 엄마가 어디까지 가셨는지 선생님과 손잡고 밖으로 나가볼까?"라고 하였다. 눈물을 훔치면서 자기 마음을 알아주는 선생님을 향해 마지못해 고개를 끄덕인다. 왕용이를 데리고 나가면서 선생님은 왕용이의 귀에 대고 속삭였다.

"네 기분 이해해, 엄마가 너를 어린이집에 놔두고 떠나는 건 참 슬픈 일이지…….

선생님도 너랑 같은 나이였을 때 그런 적 있어.

나도 그때 엄청 슬퍼서 너처럼 울었단다."

교사는 왕용이의 입장에서 최대한 공감하면서 왕용이 손을 잡고 현관 밖을 나와서 엄마가 총총히 사라진 쪽으로 몇 걸음 떼보면서 엄마가 더 이상 보이지 않는다는 것을 인식시켜 준다.

"왕용아! 엄마가 너무 멀리 가셔서 보이지 않네? 이따가 퇴근하고 5시면 엄마가 오실 테니까 그때까지 선생님이랑 친구들이랑 즐겁게 놀면서 지낼 수 있을까?"

"너 혼자서 엄마를 기다리려면 힘드니까 선생님이 너와 함께 있어줄게. 그렇게 할 수 있겠니?"

긴 설득으로 겨우 진정이 되어 왕용이를 교실로 데리고 들어왔다.

공감하는 능력이 뛰어난 선생님의 행동에 왕용이는 선생님을 믿고 잘 따르면서 하루 종일 창밖을 보면서 엄마만 기다리지 않아도 되었다.

어린이집에서 영·유아가 안심하며 애착을 느끼는 존재는 공감을 잘해주는 선생님이다. 어느 날 갑자기 보육교사에게 다양한 상황에서의 공감하는 행동은 나타나지 않는다. 그래서 공감적인 행동은 습관화가 돼야 한다. 습관을 갖기 위해서 심리학 공부, 다양한 경험, 독서, 경청, 겸손 등을 이해하고 배우는 행동들이 필요하다.

보육교사의 공감 행동이 습관화되면 영·유아는 안정적인 애착을 형성하면서 어린이집에 잘 적응할 수 있게 된다.

교만은 타인의 마음을 읽는 능력을 상실시킨다.
그러나 겸손은 타인의 마음을 헤아릴 수 있는 능력을 올려준다.
– 아담 갈린스키 –

3장

어린이집에서
만나는
예술 활동

그림을 통한 예술치료

예술의 개념이 성립된 시기를 정확히 알 수 없기에 예술을 정의한 다는 것은 그만큼 어렵다. 선사시대부터 예술은 인간의 생활과 아주 밀접한 관련이 있다는 것을 알타미라 동굴 벽화에 그려진 암각화로 예술적 기법들을 가늠할 수 있다.

플라톤, 아리스토텔레스 등의 철학서들과 독일의 철학자 야스퍼스의 《역사의 기원과 목표》라는 책에서 알 수 있는 것처럼 문명사적인 개념만 알 뿐이다.

예술치료의 개념은 아주 다양하게 설명할 수 있는데 예술과 치료를 어떻게 정의하느냐에 따라서 예술치료의 목적과 범위, 방법 등이 달라질 수 있다. 예술의 장르도 다양하고 치료의 개념 또한 치유와 구별하여 사용해야 한다. 따라서 예술치료의 개념은 부동의 의미가 아니라 기대와 상황에 따라서 개념 정의가 유연성이 있다고 본다.

기존의 상담이론에 미술, 음악, 연극, 문학, 동작, 무용, 글쓰기, 원예 등 여러 예술적 치료기법을 매개체로 활용하여 상담을 할 때 훨씬 더 효과적이다.

심리치료 현장에서는 예술치료에 대한 활용도가 점점 커지고 있어 심적인 상태의 형상화 및 표현을 유도하여 정서적인 문제를 보다 쉽게 처리할 수 있게 도와주는 다양한 예술적 치료기법들을 활용하게 된다.

예술치료가 갖는 효과가 우수하기 때문에 대체의학으로 보는데 이런 우수함으로 인해 예술치료사의 전문성은 모든 심리치료사들과 마찬가지로 윤리적으로 전문성을 갖춰야 한다.

예술치료는 내담자의 방어를 최소화하면서 치료의 과정에서 내담자에게 즐거움을 주는 치료의 한 분야로 인체의 자기 치료능력을 활성화시켜서 치료의 효과를 높일 수 있다.

예술 활동의 과정을 통해 내면의 무의식을 탐색하여 표출하고, 카타르시스를 경험하게 하고, 마음의 안정을 찾을 수 있게 한다. 또한 스트레스, 우울, 분노, 불안, 자아존중감, 자아개념, 자아통제, 행복감 등의 심리적 적응이나 주의집중, 의사소통, 학업성취, 학교생활 적응 등의 행동 적응의 효과를 밝힐 수 있다고 한다.

대부분의 심리상담사들은 사람의 심신의 상태를 평가하고, 정신적 긴장감을 완화시켜 주고, 희망도 주면서 해결책을 찾기 위해 심리적

치료에 〈예술〉이라는 소재를 활용하는 것이다.

심리상담사가 하는 일은 치료적 개념보다는 예방의 비중이 훨씬 크기 때문에 양질의 상담을 위한 훈련으로 일정한 수련기간을 두어야 한다.

심리상담사가 그림을 소재로 상담을 한다면 현장에서 전문성을 발휘하면서 내담자가 그린 그림을 제대로 이해 및 해석, 평가 등의 진정성 있는 상담을 해야 한다. 즉 그림의 인상 안에서 내담자 자신의 감정이나 욕구가 얼마나 개입되어 있는지 관찰할 수 있어야 한다.

내담자가 그려낸 그림을 해석하기 위해서는 수많은 연습을 해야 한다. 화가의 작품 속에 나오는 인물이나 풍경을 감상하면서 화가들은 어떤 상황에서 그 무엇을 표현해 내려고 하였는지 상징적 의미를 찾고 해석해야 한다. 그래서 수련의 시간이 길 수밖에 없다.

상담과정에서 내담자와의 대화를 통해서 그림 안에 표현된 상징의 의미를 파악하고, 재인식시키는 것이 중요하다. 그 이유는 그림 속의 공간, 여백과 선의 활용을 보면서 그림 속에서 표현하고자 하는 의미를 해석하는 중요한 도구는 그림 자체이기 때문이다.

오늘날 생활 방식이 예전에 비해 많이 변화되고 복잡해지면서 아이들의 속마음을 알기가 쉽지 않다. 아이들의 정신세계는 과거에 비해서 병리적이지만 병리적인 증상인 줄 모르게 경계성에 있는 힘든 아이들이 있고, 그 옆에는 항상 더 아픈 부모도 있을 수 있다.

심리상담사가 아이들과의 만남이 이루어져 예술치료 기법 중의 하나인 '그림'을 매개로 활용한다면, 아이들에게 창의적인 놀이에 대한 우월감을 안겨주어야 한다.

아이들과 함께 감정을 공유할 때 신중함과 경건함이 깃든 온 마음으로 아이들과 호흡하면서 잘 들어주기 위한 간절함을 지녀야 한다.

그림을 그리면서 심신이 성장하고 발달하면서 아이들은 저절로 행복해지기 때문이다.

> 내가 꿈꾸는 것은 바로 균형이 예술이다.
>
> – 앙리 마티스 –

어린이집에 놀러 온 '앙리 마티스'

    오늘은 어린이집에서 일곱 살 아이들과 원장 선생님이 심리상담사로서 탐색 중인 앙리 마티스의 작품을 감상해 보고, 앙리 마티스의 그림 속 여행을 시작해 보았다.

    아이들에게 '앙리 마티스'라는 화가의 생애에 대한 소개를 시작으로 앙리 마티스가 어린 시절 자기 엄마로부터 선물 받은 물감 한 통이 앙리 마티스를 화가의 길로 들어서게 되었다는 것도 알려주었다.

    앙리 마티스의 작품이 실린 그림책을 읽어주고, 앙리 마티스가 생애 동안 그렸던 여러 가지 작품을 보여주면서 아이들에게 어떤 그림을 같이 그려보고 싶은지 선택해 보라고 하였다.

    노년에 앙리 마티스가 가위질로 만든 작품을 아이들은 날고 있는 것처럼 보인다면서 푸른색의 〈이카루스〉를 고른다. 아이들의 표현대로 앙리 마티스는 〈이카루스〉를 마음대로 오린 것처럼 보이지만 간결하면서도 역동성이 느껴진다.

원장 선생님은 아이들에게 앙리 마티스가 말년에 cut out 기법으로 그림을 그렸던 〈이카루스〉의 탄생 배경을 말해주었다.

"평생을 화가로 살아온 앙리 마티스에게 '폐색전증'이라는 질병이 찾아왔단다. 그는 지속적으로 병을 앓고 살면서 유화 물감이 폐에 좋지 않다는 의사 선생님의 경고에 의해 평생을 통해 그렸던 유화를 그릴 수가 없었어. 그래서 마티스는 다시 70세가 넘은 이후에 cut out 기법을 사용하여 그림을 그리게 되었어.

cut out 기법이라는 것은 과슈 물감을 캔버스에 칠해서 말린 후에 말린 캔버스를 다시 가위로 오려서 붙이는 기법이야. 그렇게 완성된 작품이 바로 〈이카루스〉란다.

앙리 마티스의 그림에 대한 열정은 병마와 싸우면서도 〈폴리네시아〉라는 작품을 완성하였는데, 그때 앙리 마티스의 나이가 77세였어. 너희들의 할머니나 할아버지와 같은 나이였단다.

미술작품도 사람의 외모나 목소리처럼 나이가 들면 나이 먹은 사람의 작품처럼 연륜이 묻어나는데, 앙리 마티스는 늘 새로운 것을 찾아서 새로운 예술의 창조를 시도하면서 청년의 예술로 승화시켰단다."

나는 아이들이 잘 알아들었을지 궁금했다. 그림을 좋아하였기에 몸이 아픈데도 작품 활동을 하고 싶어서 붓에서 가위로 도구를 바꾸어 가며 작품 활동을 한 앙리 마티스의 이야기에 숨죽이며 귀를 쫑 긋거린다. 호기심 가득한 얼굴을 하고, 입 모양에 힘을 주며, 고사리 손으로 열심히 오리고, 색칠하고, 붙이기를 반복한다.

아이들과 흔히 할 수 있는 콜라주 기법을 활용한 그림놀이에서 아이들의 표정은 예술가에게 볼 수 있는 표현의 환희가 느껴진다. 그 순간 아이들은 예술가가 되어 있었다.

간간이 나는 〈이카루스〉의 작품을 설명해 주고 "여기서 빨간색은 심장이고, 노란색은 하늘과 깃털이란다." 그리스 신화 '다이달로스와 이카루스'의 이야기를 들려주었다.

"미노스 왕의 요청으로 위대한 발명가였던 다이달로스는 미노타우로스를 가둘 수 있는 미궁을 크레타에 세우게 하였는데 이 비밀이 새어나갈까 봐 두려웠지.

그래서 미노스 왕은 다이달로스의 아들 이카루스와 함께 높은 탑에 가두게 된단다. 아주 높은 탑에서 내려오지 못하게 신하들에게 계단을 지키게 했어.

다이달로스는 탑 안에 있던 양초와 탑의 좁은 창문을 통해서 날아온 새의 깃털과 나뭇잎 등을 사용하여 날개를 만들었지. 그래서 이카루스는 이 날개를 달고 다이달로스와 함께 탈출했다고 해.

이카루스의 아버지 다이달로스는 한 가지 당부를 했어. 태양 근처에는 절대로 가지 말라고 했어. 왜냐하면 양초로 만들어졌기에 뜨거운 곳에 가면 녹아버리거든.

이카루스는 날개를 달고 자유를 얻게 되니 너무 즐거웠던 거야. 높은 성안에 갇혀 있다가 밖으로 나오니 너무 자유로웠지. 그래서 아버지의 경고에도 아랑곳하지 않고, 그만 태양을 향해 겁 없이 날아오르다가 태양 가까이 다가가게 되었지.

이카루스는 어떻게 되었을까?

날개와 몸에 접착했던 양초가 녹으면서 그만 바다로 추락해서 죽었단다.

이카루스는 비극적인 사람이었지만 높은 성에서 추락할 수도 있다는 것을 알면서도 날고자 했던 인간의 도전 정신을 높이 사기도 했단다."

이렇게 이야기를 들려주는 사이에 아이들은 작품을 오리고 붙이고 색칠하면서 모두 완성하고서 뿌듯해한다.

"자, 그러면 그림 속 이카루스를 보면서 앙리 마티스가 했던 것처럼 색종이를 오려서 붙여보니 기분이 어때?"라고 물었다.

아이들은 각자 자기들이 만든 작품을 벽에 붙이면서 "이카루스가 아빠 말을 안 들었어요." "음……. 재미있었는데, 이카루스가 불쌍해요. 그리고 용감해요."라고 한다.

오늘 어린이집에 놀러 온 앙리 마티스! 색의 의미를 다른 관점에서 해석해 준 앙리 마티스의 미술사의 업적을 아이들이 오랫동안 기억해 주기를 바라면서 즐겁게 오늘의 명화 이야기를 끝마쳤다.

내 손에 물감상자를 받아 든 순간,
나는 이것이 내 삶임을 알았다.

– 앙리 마티스 –

태양을 닮은 아이들의
멋진 동화(작품 전시회)

가을 하늘은 단아한 파란색을 뚫고서 풍성하게 빛나는 빨강과 노랑을 등장시키며 배경색까지 변화시키고, 노란 바람 소리까지 들려주는 요즘이 가장 아름다운 계절이다.

아침부터 교실에서 피아노 소리가 울려 퍼지고, 피아노 반주에 맞춰 부르는 아이들의 즐거운 노랫소리는 마치 아름다운 풍경화가 와이드 비전으로 보이는 것 같다. 쉽게 따라 부를 수 있는 중독성이 있는 후렴구에 이끌려 교실 안으로 들어가 보았다.

> 닭장 속에는 암탉들이
> 문간 옆에는 거위들이
> 배나무 밑엔 염소들이
> 외양간에는 송아지

오 히 야하 오 오오 오 히 야하 오 오

깊은 산속엔 뻐꾸기가
높은 하늘엔 종달새가
부뚜막 위엔 고양이가
마루 밑에는 강아지
오 히 야하 오 오오 오 히 야하 오 오
오 히 야하 오 오오 오 히 야하 오 오~~~.

40년 전에 '서수남, 하청일'이라는 듀엣가수가 불러서 유행시켰던 어른들이 부르는 동요라고 할 수 있는 노래를 2022년도에 어린이집 아이들이 부르고 있었다. 아름다운 전원마을 속의 이야기처럼 들리는 이 노래가 수십 년이 지나도록 불리는 이유는 그만큼 좋은 노래라는 뜻이다.

'아이들에게 창의적이면서 생기가 있는 새로운 수업은 무엇일까?' 세상은 끊임없이 변하고 우리의 공부 방법도 많이 달라지고 있다. 교사는 on-line 수업을 위해 화상을 이용하고, 교실은 필요 없게 된다.

기업은 비즈니스 영역의 인공지능과 데이터를 활용하며 신개념의 인식 방식으로 뛰어난 결과를 보여주는 자율주행 자동차, 전기차, 접히는 휴대폰, 된밥, 진밥 골라 짓는 전기밥솥, 말하는 스피커 등의 신개념의 '가치'를 매일 세상에 선보인다.

코로나19로 일상은 마비되어 가고 있고, AI 시대가 가져올 변화가

어떤 방식으로 전개될지 알지 못하는 시대를 우리는 살아가고 있다

우리는 자신도 잘 알지 못하면서 우리보다 더 탁월한 무엇인가를 계속 만들어 내고 있다. 앞으로 인간은 인간끼리의 경쟁을 넘어 로봇과의 경쟁하며 살아가게 될 것이다.

'아이들은 빅 데이터 시대에 어떤 변화된 수업으로 세상과 어떻게 경쟁하며 살아가야 할까?'
'줌 수업 외에 수업이 변화된다면 무엇이 있을까?'
'행복한 수업, 좋은 수업의 예시는 어떤 것이 있을까?'

교사는 허용적인 분위기로 창의성을 계발할 수 있는 풍족한 자료를 제공하여 유사한 것끼리 분류해 보고, 사물에 이름도 지어보고, 개방적인 발문으로 자유롭게 질문하고 답할 수 있도록 장애물을 제거하여 스스로의 깨달음으로 카타르시스를 느낄 수 있게 해야 할 것이다.

오늘은 어린이집에서 친구들과 함께 참여하여 수용과 존중의 자세로 소통하며 '세계와 우리나라 프로젝트 활동'으로 창의적인 사고를 작품으로 완성시켜 줄 '작품 전시회'를 미리 엿보았다.

자랑거리가 많은 우리나라, 작품 활동을 하면서 우리나라에 대한 자부심과 사랑하는 마음을 갖고, 우리나라의 상징인 태극기, 애국가, 무궁화를 바르게 알고 사용할 수 있으며, 우리나라 고유의 것인 전

통의복, 음식, 전통가옥, 풍습, 생활도구, 놀이문화를 알게 한다.

비행기를 타고 갈 수 있는 다른 나라에 대해 관심을 갖고, 여행 가고 싶은 호기심을 해결하며, 그곳의 건축물, 전통 음식, 자연물, 예술 작품들은 무엇이 있는지 알아보며, 글로벌 시대에 맞춰 아이들에게 우리나라 외에는 어떤 나라가 존재하며, 어떤 특징과 어떤 문화를 가졌는지 프로젝트 활동으로 알아볼 수 있게 한다.

"아름다운 이 땅, 금수강산에~ 세계는 하나 ~."

가을이 다 가도록 교실에서는 '세계와 우리나라'라는 주제의 활동에 맞는 노랫소리가 끊임없이 들려온다.

전시회에 출품할 작품을 만들어 내는 일이 아이들에게는 매일 하는 프로젝트 활동이므로 새롭고 대단한 활동은 아니지만, 아이들이 하고 싶었던 활동들을 친구들과 함께 계획을 세울 수 있다.

또한 아름다운 하모니로 연계하면서 즐겁게 지혜로운 꿈을 꾸며 누군가에게 보여줄 수 있는 것에 만족하면서 성장할 수 있다.

가을이 주는 풍요로움 속에 내내 즐겁고 행복했던 어린이집에서 이루어진 작품 전시회 활동을 통해 아이들 세상의 태양을 닮은 아이들의 동화 속을 들여다본다.

황금빛 빈센트 반 고흐

여름 내내 바지런 떨며 햇볕을 듬뿍 쬐어 농익어 탐스러운 벼를 거두는 가을이 왔다. 웅장한 울림으로 목 놓아 울어대던 매미도 기품 없이 스러져 가는 가을 문턱의 풀숲에서 노란 투명한 가을이 다가온다. 거리마다 노란색이 넘쳐흐르고, 무리를 이루는 은행나무가 노란 가을의 풍경을 맘껏 발산 중이다.

은행나무가 사납게 노랗다. 저토록 노랄 수가 있을까? 가을은 작열하던 태양 한 드럼, 한여름 뜬금없이 휘몰아치던 소나기 한 말, 여명의 새벽을 밝히는 새벽이슬 서너 스푼 섞어서 버무려 놓으니 하얀 도화지에 빛이 되어 투명한 노랑으로 다시 태어나고 있다.

가을은 물감 없이도 아름다운 풍경화를 그려내고, 도시를 에워싸고 있는 액자 속의 풍경들이 그 자체로 아름다움을 창출한다.

아이들의 담백한 마음을 담은 순박한 노란색, 청년의 혈기를 담은

진 노란색, 어버이의 진정한 마음을 담은 연 노란색이 거리를 뒤흔들며 가을이 나부낀다. 노란 빛깔은 아련하고 찬란하게 가을빛으로 도시의 가장자리를 소리 없이 노랗게 물들이고 있다.

눈부신 노란 가을 풍경은 그림의 세계로 스케치 여행을 나간다.
1880년대 프랑스 남부 아를르(Arles)라는 작은 마을에 화가 한 명이 도착한다. 찬란한 햇빛으로 노랗게 물들어 있는 아름다운 마을의 풍경을 그리기 위해 모여드는 화가 중의 한 사람 '빈센트 반 고흐'였다.
고흐는 잔뜩 기대에 부풀어 아를르에서 좋은 그림을 그리고 싶어서 찾아왔을 것이다. 아를르의 태양은 고흐가 느끼는 첫사랑처럼 가슴을 뛰게 하였다. 고흐는 벅찬 마음으로 쉼 없이 그림을 그리며, 눈에 보이는 모든 것을 그리고 싶어 늦은 밤까지 촛불 아래 붓질을 한다.
낮에는 태양광선에 비친 자연을 묘사하고자 하였으며, 보이는 대로 그대로 그리는 것은 너무 시시해서 자기만의 빛깔로 표현하고 싶어 했다. 그는 항상 어떻게 하면 아름다운 빛을 그림에 담을 수 있을지를 고민하며 그림을 그렸다. 그리하여 탄생한 것이 그 유명한 노란색의 〈해바라기〉였다.

고흐는 이른 아침부터 해가 질 때까지 해바라기를 그린다. 특히 그의 친구 고갱을 노란 집에서 기다리면서 고갱이 노란 집과 노란 해바라기를 마음에 들었으면 좋겠다는 심정으로 열심히 그리고 방 안

곳곳을 노란색 해바라기로 장식하며 고갱을 기다렸다.

그러나 노란 집에서 고흐와 잠시 함께 살았지만 고갱과 인연을 끊게 되고, 병원에서 치료를 받게 된다. 치료 후에 또다시 프랑스 북부 오베르라는 마을로 떠난다. 그는 오베르에서 다시 태양 아래 끝없이 펼쳐진 밀밭에서 아름다운 햇빛을 담기 위해 밀밭을 배경으로 그림을 그린다.

고흐가 생각하는 노란색은 고통보다는 강한 사랑의 표현이었을 것이다. 어린 시절 엄마와 함께 가서 본 형의 무덤가에 많이 피었던 해바라기를 기억하면서 고흐는 노란색 해바라기를 많이 그렸다.

고흐의 정신 세계는 균형을 잃은 삶이었다. 너무 우울하고 암울했으나 고흐의 그림만큼은 매력 넘치는 황금빛으로 고흐가 사랑한 태양의 노란색을 표현해 내고 있었다.

사후에 〈해바라기〉는 그의 뛰어난 예술성을 인정받아 대중의 마음을 사로잡았으며, 아직도 고흐를 사랑하는 수많은 팬들로 프랑스의 작은 마을 오베르에는 관광객이 끊이지 않는다고 한다.

신이 자연이고, 자연이 아름다움이라고 느낀다
- 빈센트 반 고흐 -

태양을 사랑한 화가, 고흐를 읽고

아이들과 함께 미술 작품을 하면 아이들도 즐겁지만 나도 즐거워 진다. 미술 시간에 아이들과 함께 동화책 《태양을 사랑한 화가, 고흐》를 읽어보았다. 모두 읽고 난 후 아이들과 '빈센트 반 고흐'라는 화가에 대해 이야기를 나눠보고, 해바라기를 많이 그린 고흐의 그림 세계에 풍덩 빠져보기로 했다.

"해바라기가 가진 노란색은 햇빛을 닮아 정신을 맑게 해주고 활력 이 넘치고 스트레스에 대한 저항력을 가진 색이다.

고흐는 오베르(마을 이름)에 머물면서 두 달 동안 약 일흔여 점의 작 품을 남기고, 37세의 나이로 오베르의 노란 밀밭에서 죽게 되지.

고흐는 짧은 삶을 살면서 그 당시에는 그의 예술을 이해할 수 없 어 화가로서 인정을 받지 못했지만 고흐가 자살로 생을 마감한 2년

후부터 유명해지기 시작했단다."

　동화책을 다 읽고 나니 아이들은 해바라기 꽃에 흥미를 보였다. 그래서 어떤 재료를 이용해서 해바라기를 꾸며볼 수 있을지 아이들의 의견을 물었더니 대부분의 아이들은 한 달 전에 만들어 보았던 모빌을 떠올렸다. 그래서 계절이 가을이니까 곡식으로 해바라기작품을 만들기로 결정하였다.

　〈해바라기〉를 주제로 가을에 나오는 곡식을 이용하여 씨앗을 만들고 꽃잎은 옥수수 껍질을 활용하여 해바라기 모빌 작품을 만들었다.

　상상력이 풍부한 창의적인 화가, 고흐의 삶을 아이들은 어떻게 이해하고 있을지 궁금하였다. 고흐의 〈해바라기〉 작품을 보면서 아이들은 마치 자기들이 고흐인 양 열심히 〈해바라기〉 모빌작품을 완성시킨다.

　아이들은 미술관에서 도슨트가 소개하는 작가의 작품을 감상하듯이 선생님이 읽어주었던 동화책 내용에 심취하여 책 속에 소개된 그림들을 감상하는 모습은 슬기로운 어린이집생활을 하는 아이들의 표본처럼 보였다.

　노란 해바라기를 많이 그렸던 고흐가 그린 해바라기의 색인 '노란색'에 대해 아이들은 어떤 느낌을 갖고 있는지 또한 어떻게 생각하는지 이야기를 나누었다.

　화가 고흐의 작품을 보면서 그가 표현해 내려고 한 것은 무엇인지,

노란색이 화려한 색인지, 따뜻한 색인지, 색감의 대비는 보이는지, 무슨 그림을 그리고 싶어 했는지 물어보았다.

"노랑이 보여요, 노란색요.", "따뜻한 색이에요."

"꽃을 그리고 싶어 했어요."

"너무 빨리 죽었어요."

"친구랑 싸우고 친구가 떠났어요."

"친구가 없으니 외로웠을 것 같아요."

각 나라와 시대를 이동하며 명화를 감상하는 일은 아이들의 감성 발달에 도움이 되는 활동이다. 그림은 그 자체로 충분한 의미가 있고 아름답기 때문이다. 채색된 물감이 세월의 흐름에 빛바래지더라도 화가의 삶 속에서 표현하고자 했던 화가의 마음이 나타나 있기 때문이다.

이 가을날 고흐의 자화상에서 노란색 미소가 퍼지며 고흐가 나에게 말을 건넨다.

"콩새 어린이집 원장 선생님, 쌩유~."라고.

확신을 가져라.
아니 확신에 차 있는 것처럼 행동하라.
그러면 차츰 진짜 확신이 생기게 될 것이다.

– 빈센트 반 고흐 –

절대적인 진리,
모방은 창조의 어머니

어쭙잖게 시작한 그림 그리기가 어느덧 3년이 다 되어간다. 지금보다 나이가 더 들었을 때 시간을 보낼 취미가 있어야겠다는 생각으로 그림을 그리기 시작하였다. 그림을 취미로 그리기 시작했더니 더 욕심이 생겼다. 내가 쓰는 글들이 출판되어 세상에 내보인다면 책의 표지는 내가 그렸으면 좋겠다는 생각과 그 글의 삽화도 직접 그려 넣어야겠다는 생각이다.

그림을 그리는 일주일의 2시간은 나만의 세계 속에 살고 있는 것이고, 그림을 완성하고 나면 커다란 감동이 몰려와 뿌듯해지면서 카타르시스가 느껴진다. 평소에 스트레스로 힘들다면 그림을 취미로 시작해 보라고 권하고 싶다.

처음 그림을 그리려고 캔버스를 마주하면 막막하다. 무엇을 그려야 할지, 어떻게 그려야 할지, 어디서부터 스케치를 해야 할지, 평소에 그림에 대한 조예가 없기에 더욱 어려웠다. 그래서 한 주도 빠지지 않고 그림을 그리려고 부단히 노력하며 손에서 붓의 감각을 익히려고 애를 썼다.

4개월 동안 꼬박 일주일에 2시간씩 할애하며 앙리 마티스의 그림을 모사하기 시작하였다. 지루하지만 덧칠하기를 수십 번이다. '명작이 탄생하려나?' 그림을 그리고 수정의 시간을 거치면서 덧칠에 질려버린 작품이 되었지만 드디어 마무리되었다.

그려놓고 보니 앙리 마티스의 작품을 보면서 그렸지만 느낌이 전혀 다른 나만의 창조물이 되어 있었다. '모방은 창조의 어머니'라고 했던가? 모방과 창조는 전혀 다른 단어 같은데 결국엔 일맥상통한다.

언젠가 신은경 아나운서가 썼던 글에서 읽었던 '쉐도잉'이라는 단어를 떠올려 본다. 외국어를 들으면서 계속 다른 언어를 바꿔서 즉시 통역을 하기 위해 외국인이 말하는 것을 한 번 듣고 그대로 따라 하는 학습법을 '쉐도잉'이라고 한다. 외국어의 정확한 발음, 인토네이션, 리듬감 등을 익히기 위한 최고의 학습법이다.

나는 앙리 마티스가 그린 그림과 똑같이 그려보고 싶어서 앙리 마티스의 그림을 쉐도잉을 하였다. 다시 말하면 모방을 하기 위해 반복하고 반복하기를 계속하면서 반복연습을 했다. 앙리 마티스 작품의 쉐도잉 결과가 나름 만족스럽다. 시간과 노력을 들인 만큼의 내 맘대로 칭찬하는 결과물이다.

자신의 그림 실력의 향상을 위해 누군가가 먼저 그린 그림을 따라 그리는 일은 좋은 학습법이다. 무조건 따라 그리는 것이 아니라 잘 그린 사람의 작품을 모방하면서 그림 그리는 실력을 키우고, 나만의 스킬이 있는 그림을 그릴 수 있다.

무에서 유를 창조하기는 어렵지만 유에서 유를 창조하는 일은 훨씬 쉽다. 예를 들면 독수리의 비행을 보면서 라이트 형제는 비행기를 발명하였고, 전신수영복은 상어의 피부를 보고서 마찰력을 감소시켜 개발하였으며, 고속열차의 앞머리는 물총새를 보고 만들었고, 나노 잎 전기 화학적 촉매 개발은 식물의 잎에서 아이디어를 냈다고 한다.

어떤 것도 낯선 것에서 유를 창조하지는 않는다.

누군가는 이렇게 말한다.

"세상에는 새로운 것이 없으니 창조를 하려고 마음먹었다면 모방하겠다는 마음가짐으로 하는 것이 좋다."라고 한다. 다른 사람의 아이디어를 훔치는 것이 아니라 나만의 창조를 위해 다른 사람의 아이디어에서 도움을 받으라는 뜻이다.

나만의 그림 세계를 추구하기 위해 끊임없이 그림을 그려본다. 막연하게 그리기에는 그 길이 멀고 험하니 누군가 먼저 내어놓은 길을 따라서 열심히 쫓아가 보면, 나만의 새로운 길이 열릴 것이다.

모방은 창조의 어머니! 절대적인 진리다.

"삶이 언젠가 끝나는 것이라면,
삶을 사랑과 희망의 색으로 칠해야 한다."
- Marc Chagall -

파랑의 표현, 르누아르의 붓질

　여름을 향해 달려나가는 계절과 의기투합해서 어린이집 사무실의 문을 아주 진한 파란색 시트지를 붙여 분위기를 바꾸어 보았다. 사무실의 문을 파랑으로 바꾼 이유는 순전히 '피에르 오귀스트 르누아르(Pierre Auguste Renoir)'의 작품을 감상하면서 '파랑 앓이'가 시작되었기 때문이다.

　화가 르누아르의 작품 속에 사용된 색채 중 이번 주 강의 주제인 파랑의 색채에 잠시 빠져보았다. 인상주의 화가들 중 파랑의 물감으로 내면의 심리를 표현한 화가들이 의외로 많다는 것을 알 수 있다. 작품들을 감상하다 파랑으로 채색된 르누아르의 몇몇 작품 중 1889년에 그린 〈그네〉가 눈에 들어온다.

　초록과 파랑으로 채색된 공원의 나무들이 시원하게 나무 그늘을 만들어 로맨틱한 화면을 보여주는 르누아르만의 붓질 구성능력에 감탄하였다.

푸른색의 나무 그늘은 마치 사이키 조명을 연상시키며 쏟아지는 아름다운 햇빛의 흐름이 인상적이다. 젊은 아가씨가 수줍게 그넷줄을 잡고 예뻐 보이고 싶어 몸을 배배 꼬는 것처럼 보이는 모습이 웃음을 자아내게 한다. 인물들의 작은 몸짓 하나에도 정성을 다해 그려내는 르누아르의 섬세한 묘사능력에 찬사를 보낸다.

르누아르는 인상주의 화가로 자연이 살아 숨 쉬는 것 같은 환경을 그리는 것을 좋아했으며, 화려하고 아름다운 여성을 주제로 그림을 그렸다. 특히 그가 즐겨 사용한 색은 녹색과 파란색이었다.

1889년에 그린 보니에르 부인은 요즘 여성이라고 해도 믿길 만큼 아름다운 자태를 뽐내며 파랑의 물감으로 질 좋은 명품 의상을 표현해 놓았다.

인간의 색채에 대한 심리는 고대 벽화로부터 우리의 삶 속에 녹아져 있는 광의의 개념이다. 인간은 탄생과 동시에 색을 인지하고 빛을 통해 저절로 색을 인식하는 무의식의 과정 속에서 살아가고 있다. 화가들은 이러한 색을 자유자재로 의식의 흐름 속에서 사용하는 '색채 마술사'라고 할 수 있다.

어린이집에서 영·유아들이 물감으로 놀이하는 이유는 어릴 때부터 색으로부터 느낌을 자유롭게 표현하는 기술을 익히기 위해서다. 열두 가지 색종이를 이용하여 종이접기하고 다양한 색의 블록으로 조립하고 다양한 미술도구를 가지고 놀이를 하면서 색을 통해 심리를 언어화시키는 작업들이라고 볼 수 있다.

르누아르는 50세 이후부터 심한 관절염으로 고생하였다. 휠체어에 의지하며 심하게 뒤틀린 손가락에 붓을 묶어서 그림을 그렸다. 그런 고통 속에서도 찰랑거리는 햇빛을 그려내고 그 속에서 아름답고 환하게 웃고 있는 젊은이들의 미소를 찾아 그려낸 것이다.

그의 예술혼이 담긴 그림에 관한 철학은 그림은 즐겁고 유쾌하고 예쁜 것이어야 한다는 것이다. 그래서 르누아르는 '행복을 그린 화가'라는 호칭을 얻었을 것이다.

르누아르가 작품 속에서 만들어 낸 파랑은 안정, 공감, 온화, 찬란, 행복, 안락함을 주는 색이다. 절망을 희망으로 빛과 색채를 사용하여 삶의 경이로움을 관절염이라는 고통 속에서도 표현해 내며 인간이 누려야 할 진정한 행복의 의미를 화폭으로 전달하고자 했을 것이다.

요즘 컴퓨터 작업을 하면서 마우스를 사용하여 그림을 그리거나 PPT 작업을 하면서 좋지 않은 습관으로 엄지손가락을 혹사시켰다. 나는 결국 '방아쇠 수지 증후군'이라는 병을 얻었다.

르누아르가 관절염을 앓던 손가락에 붓을 매어 그림을 그렸을 때 얼마나 많은 고통이 따랐을지 동병상련의 마음으로 그의 작품을 보면서 감정이입을 해보았다.

그런 고통 속에서도 생애 동안 5천 점의 작품을 남겼다고 하니 열정적으로 작품 활동을 이어나간 르누아르의 파랑의 작품에 깊은 애정을 보낸다.

하늘과 바다를 연상시키며 보는 사람의 마음을 상큼하고 가볍게 만들어 주는 파랑은 차가운 이미지 또한 내포하고 있지만 르누아르는 사랑스럽고 예쁜 소녀를 표현하고, 아름답고 매혹적이면서도 고혹적인 여인을 파랑으로 채색하고 있었다.

보는 것만으로도 행복해지는 그림들을 그린 르누아르가 파랑을 사랑하여 그렸던 파란색의 여인들을 감상해 보기 바란다.

고통은 지나가지만 아름다움은 영원하다

- 르누아르 -

지베르니의 '클로드 모네'

사회적 거리두기의 모든 조치가 해제되어 그동안 침체되었던 온 동네가 북적거리며 활기 있는 일상으로 변환되고 있다. 프랑스 파리에서 지인의 친척은 입국하면서 한국에 입성하기까지의 과정이 쉽지 않았다고 한다.

해외에서 한국으로 입국하려면 한국 들어오기 전 48시간 이내에 PCR 검사를 반드시 수행하고, 입국 후 24시간 이내 관할 보건소에 가서 PCR 검사를 마쳐야 격리를 면제받을 수 있기 때문에 공항에 도착하자마자 보건소부터 방문하여 검사를 받았다고 한다.

'그래도 이게 어딘가?' 2년 넘게 닫혔던 세상의 하늘길이 열려 해외 여러 곳을 조심스럽게 다닐 수 있게 되었다.

코로나19 상황에서 오미크론 유행이 감소세를 보이자 일상을 통제했던 거리두기정책이 해제되었다. 몇 년 전 친구들과 프랑스를 가기로 약속하며 예약했던 항공권을 코로나 상황의 장기화로 사용하지 못했는데 잠자고 있던 항공권을 드디어 이용하기로 하였다.

인천공항에 도착하자 '에어스타'가 반갑게 맞이하며 공항 도착 사진 한 커트 찍어 기념사진으로 간직할 수 있게 해 준다. 사진뿐만 아니라 길 안내도 척척 해주는 인천공항의 마스코트다.

'이게 얼마 만에 듣는 비행기 소음이지?' 한산하지만 공항 냄새도 참으로 오랜만에 느껴본다. 코로나 상황 이후로 고속열차는 완전히 운행이 중단되었고, 잠실에서 공항을 오가는 리무진 버스도 하루에 2회밖에 운행을 안 하지만 그것도 4월부터 겨우 운행을 재개했다고 하니 고마울 따름이었다.

아침 첫 시간 운행하는 공항버스를 타고 세 시간 먼저 도착해서 공항을 둘러보며 즐거운 시간을 보냈다.

드디어 파리를 향한 13시간의 비행이 시작되었다. 저가항공을 선택하다 보니 독일에서 갈아타야 하는 불편함과 두어 시간을 공항 내에서 기다리다가 다시 파리행으로 갈아타니 훨씬 많은 시간이 소요되었다.

드골 공항에서 내려서 미리 파리 시내에 예약해둔 호텔에 짐을 풀었다. 다음 날 호텔 조식을 먹고 파리 시내를 활보하는데 서양 관광객들은 드물게 보였지만 아시아계 관광객은 찾아보기 힘들었다. 특이 사항은 외국인 관광객으로 보이는 사람들만 마스크를 착용하고 있고 프랑스 현지인들은 마스크를 거의 착용하지 않고 있어 놀라웠다.

코로나 상황으로 관광객이 뚝 끊긴 북적이지 않는 한산한 상제리제 거리를 우리 동네 걸어 다니듯이 걸어 다녀보았다. 모처럼 한산한 파리 시내를 활보하니 무척 즐거웠다.

오후에는 자동차를 렌트해서 파리에서 북서쪽으로 약 80km 떨어진 지역에 위치한 작은 마을, 인상파 화가 클로드 모네의 생가가 있는 마을 '지베르니'로 향했다.

코로나 시국이라서 관광객이 없을 것으로 추정하고 왔는데 의외로 유럽의 외국 관광객이 많아서 놀라웠다. 입장권을 끊고 긴 줄에 대기하고 있으면서 직업을 속일 수는 없는 것 같다. 한국처럼 현장학습을 나온 어린이집 아이들이 눈에 띄는 형광 빛의 조끼를 입고 선생님의 지휘하에 따라다니는 모습을 보며 계속해서 카메라 셔터를 눌렀다. 갑자기 서울에 두고 온 어린이집 아이들이 떠올랐다.

클로드 모네의 정원에 입장을 하여 모네의 집 안으로 들어가 보니 거실이 먼저 나온다. 거실 벽면에는 모네가 살아생전 습작했던 작품들이 질서정연하게 걸려 있다.

모네의 집안에는 우리가 알고 있는 '양산을 든 여인'의 작품이 한두 개가 아니었다. 습작을 하면서 같은 작품을 여러 개 그렸다는 것을 알 수 있었고, 대부분의 유럽 화가들이 그렸던 것처럼 일본화가의 그림에 매료되었던 모네의 집안에는 일본 화가들의 유명한 작품들도 많이 걸려 있었다.

클도느 모네의 작품 중 제일 유명한 '수련'의 실제 모델이 되었던 정원이 그림과 똑같이 그대로 보존되어 있어서 관광객들의 눈을 즐겁게 해준다. 책으로만 보았던 모네의 '수련'이 바로 이곳 모네의 연못에서 그려졌을 것이고, 크고 작은 작품 앞에서 숙연해지는 건 어쩔 수가 없었다.

모네의 물의 정원에는 수양버들로 가득하고, 늘어진 등나무의 보랏빛 꽃들과 하늘과 구름과 대칭을 이루는 연못에 비추어진 햇살도 따사롭고, 공기도 맑고, 구름은 깨끗하였다.

동그란 수련 잎과 어우러져서 빛나는 모습으로 물에 비추어진 정원은 더욱 아름다웠다. 정원 가득 이름도 알 수 없는 아름다운 꽃들로 가득한데 이곳에서 모네는 멋지고 아름다운 그림을 그릴 수밖에 없었을 것 같았다.

정원의 온갖 꽃들이 관광객을 기다리며 각각의 꽃들과 나무들은 자기 자리에서 멋스러움을 뽐내며 방긋거린다. 지베르니에 있는 모네의 정원은 모네가 작품 활동을 하는데 모티브가 될 만한 충분한 곳이었다.

프랑스를 다녀온 후에 클로드 모네의 기억이 계속 남아 있어서 연장반 아이들과 오일 파스텔을 가지고 〈모네의 정원〉을 그려보았다. 파스텔의 번짐으로 연못 속 수련을 표현할 수 있었고, 재미를 느낄 수 있었다.

아이들이 오일 파스텔을 손가락으로 쓱쓱 문지르니 연못이 되고, 수련도 되고, 연못 속의 물고기도 그려진다. 그리고 오리도 그려 넣었다. 잠깐 사이에 아이들과 함께 멋진 모네의 연못이 만들어졌다.

나는 늘 정원에서 일하고
또 사랑하는 마음으로 일한다.
나에게 가장 필요한 것은 언제나 꽃이다.

- 클로드 모네 -

퐁투아즈 세잔느 마을에서 온
이명림 작가

샤를 드골 공항에서 티켓을 구매하고 비행기를 타려고 줄을 서 있는데 동양적인 모습의 단아한 여성이 한국인이냐고 말을 건넨다. 손에는 스트레칭할 때 사용하는 운동기구, 폼롤러처럼 생긴 돌돌 말린 종이 뭉치를 들고 있다.

한국에서 왔다고 하니까 자기도 한국인이라면서 관광지는 어디를 다녀왔냐고 묻는다. 우리는 모네의 생가가 있는 지베르니를 다녀왔다고 하자 지베르니 가는 길에 퐁투아즈라는 세잔느 마을이 자기가 사는 곳이라고 한다. 알고 보니 이명림이라는 화가로 퐁투아즈 세잔느 마을 아뜰리에에 입주하여 입주 작가로 활동하는 화가였다. 본인이 그리는 영역은 한지에 먹을 입히는 작업을 주로 한다고 한다.

퐁투아즈에서 사는 이유는 세잔느 마을에서 그림을 그리기 위해서라고 한다. 은유적인 먹물의 번짐을 표현하며 추상적인 그림을 주로 그린다고 한다. 나는 그림을 취미로 하기 때문에 바로 이명림 작가에게 관심이 갔다.

이명림 작가는 파리에 온 지 30년이 넘었는데 이번에 한국에 가는 이유는 평창동에 있는 아트스페이스 퀄리아에서 6월에 전시를 하기 위해서라고 한다. 액자를 만들어서 그림을 부치려면 운송비가 많이 들기 때문에 화물로 부치지 않고, 직접 들고 한국에 가서 표구해서 전시를 한다고 한다. 블로그를 찾아보면 과거에 서울에서 전시한 것들을 볼 수 있다면서 프랑스 이름 표기법을 찍어준다. 들고 있는 그림들이 꽤 무거워 보였다. 우리는 그림 좋아하는 사람들이니 전시회가 열리면 가보겠다고 약속하며 전화번호를 알려주었다.

독일까지 오는 길에 내 친구와 아일 시트에 앉아서 통로를 사이에 두고 이야기를 나누고, 트렌스퍼하는 동안에도 대기시간에 그림에 대한 취향을 이야기하면서 시간을 보냈다.

독일 공항에서 2시간 동안 한국행 비행기를 기다리다가 한국행 비행기 탑승 방송 소리를 듣고도 바로 탑승하지 않고 꾸물대는 우리에게 탑승을 재촉한다. 그러면서 그녀의 에피소드를 들려준다. 그녀는 스페인에서 비행기 놓친 이야기를 하면서 게이트가 열리면 바로 줄을 서서 비행기에 탑승하는 버릇이 생겼다고 재촉해서 미안하다고 한다.

딸과 함께 세잔느 마을에 살면서 그림을 그리는 이명림 작가는 이화여대 사회학과를 졸업하고 그림이 그리고 싶어서 프랑스로 건너왔다고 한다. 그림 뭉치를 신줏단지 모시듯 소중하게 붙들고 있는 둘둘 말려 있는 작품이 궁금해졌다.

그녀의 전시회가 궁금하여 언제쯤 연락이 올지 기다려졌는데 오늘 오후에 문자가 왔다. 한국에서 사용 가능한 전화를 개통했다면서 전화번호를 알려줬다.

인연. 짧은 프랑스 여행에서 많은 사람을 만났다는 생각이 든다. 함께 프랑스를 여행한 친구는 이번 여행에서 나에 대해 새로운 것을 발견했다고 한다.

"뭔데?"

친구는 농담으로 "우리 원장님, 무척 사교적이세요. 가는 곳마다 친구를 만들어요."라고 한다.

'내가 사교적이라고?'

어릴 때부터 얼굴에 찬바람이 쌩쌩 분다고 붙여진 별명, 얼음공주!

살면서 긍정적으로 내가 많이 변했나?

긍정적으로 삶을 대하는 태도, 강추!

예술은 호흡이다.
그것은 우리의 몸과 피입니다.

– 이명림 작가노트 중에서 –

마르크 샤갈의
마음의 성장과 치유

'마르크 샤갈은 사랑꾼이었을까?'〈도시 위에서〉라는 작품은 자연의 색채로 그려진 마치 중력이 느껴지지 않는 상태에서 사랑하는 연인들이 즐거워하며 하늘 위를 떠다니는 것처럼 느껴진다. 세상살이가 아무리 힘들다 해도 굴하지 않는 샤갈의 아내, 벨라에 대한 사랑하는 마음을 표현했다고 한다.

한 해를 보내며 육아종합지원센터에서 〈보육교직원을 위한 비대면 힐링 프로그램〉으로 온라인 플랫폼을 통해서 공연예술 콘텐츠인 마르크 샤갈의 작품을 감상할 수 있었다.

보육교직원들이 코로나19 상황에서 공연예술을 직접 관람하거나 참여할 수 없기에 고안해 낸 방법으로 보육교직원의 역량 강화와 함께 소진된 에너지를 회복시켜 주기 위한 힐링의 목적으로 프로그램을 제공하였다.

그중의 한 프로그램으로 도슨트계의 아이돌이라 불리는 정우철 도슨트와 함께하는 '그림을 통한 마음의 성장과 치유'라는 제목의 샤갈의 작품을 온라인상으로 도슨트의 설명과 함께 감상할 수 있는 기회가 주어졌다.

평소에 샤갈의 작품을 좋아하였기에 도슨트의 설명을 흥미롭게 들으며 감상하였다. 마르크 샤갈은 러시아 출신이었으나 프랑스에서 활동한 대표적인 화가로서 샤갈은 색채 마술사로 불린다. 24살에 파리에서 샤갈이 그린 그림들을 보면 어린 시절의 추억을 그렸던 것을 찾아낼 수 있다.

샤갈의 유명한 작품 중의 〈나와 마을〉이라는 작품을 통해서 꽃처럼 반짝이는 나무를 손에 들고 있는 자신을 초록색으로 표현하며, 염소와 자신의 목에 십자가 목걸이를 하고 하얀 염소와 자신을 연결하여 고향을 그리워하는 심리를 반영하였다. 샤갈의 고향에서는 염소를 쉽게 볼 수 있었기 때문인지 그의 작품마다 염소가 많이 등장한다.

〈비테프스크 위에서〉라는 작품에서는 유태계 러시아인으로 살아가는데 여러 가지 제약이 많았다. 9남매가 살았던 가난한 고향의 회색빛 하늘에서 불안했던 방랑자 유대인이 떠다니는 것처럼 표현한다. 슬픈 동화처럼 표현한 이 작품에서 그가 얼마나 고향 '비테프스크'를 사랑하였는지 알 수 있다.

샤갈은 20세기 초 유럽의 '디아스포라 유대인'으로서 구별되는데 사전적 의미로 '디아스포라(diaspora)'는 '민족의 정체성을 공유하는 주민들이 고향을 자의적이든지 타의적이든지 떠나서 멀리 떨어진 다른 지역에서 거주하여 집단을 이루는 것'을 뜻한다.

유대인 부모에게서 러시아에서 태어났지만 1910년 프랑스 파리로 유학하여 프랑스에서 활동하면서 입체파의 영향을 받았으며, 프랑스로 귀화해서 Marc Chagall로 이름을 개명한다.

그가 20세기 최고의 프랑스 화가로 불리는 이유다. 샤갈이 프랑스에서 활동을 하였지만 프랑스어를 제대로 구사하지 못한다는 한계가 있어서 적응이 힘들었고, 늘 고향을 그리워하며 향수병을 앓게 된다.

유대인으로 살았던 경험들과 그의 가족과 그의 여인 벨라를 보고 싶어 하다가 다시 러시아로 돌아가 벨라와 결혼하여 딸을 낳고 살면서 그의 많은 그림들은 꿈꾸는 듯한 이미지와 화려한 색채 사용으로 색채 미학의 대가로서 사랑을 받는다.

샤갈의 그림을 통해 그의 삶을 들여다볼 수 있는데 그의 그림 세계는 인생의 이야기를 작품들이 스토리텔링을 하는 것 같다. 샤갈의 작품 속에서 그의 아내 '벨라'를 수없이 만날 수 있고, 그의 고향 '비테프스크'를 자주 접할 수 있으며, 또한 환상적이면서도 낭만적인 '성서 이야기'도 작품을 통해서 찾아볼 수 있었다.

정우철 도슨트의 설명에 따르면 샤갈은 여성적이면서 섬세하고 낭만적인 사람이며, 흔히 작품 속에서 여성은 남성에게 의지하는 모습을 보이는데 샤갈의 작품에서는 벨라에게 샤갈이 기대고 의지하는 모습을 많이 그렸다고 한다.

〈도시 위에서〉라는 작품에서도 벨라에게 기대어 하늘을 날아다니는 두 부부의 모습이 무척 인상적이었다. 벨라를 사랑했던 샤갈의 마음이 그림 속에 고스란히 녹아 있는 것 같다.

유대인으로 살아야만 했던 샤갈은 그 당시의 어둡고 칙칙한 현실을 표현하는데 짙은 파랑으로 표현한다. 파랑은 희망의 색, 또는 신성의 색으로도 표현했던 샤갈은 사랑하는 벨라가 병으로 먼저 세상을 떠나게 되자 그녀를 잃었던 슬픔을 파랑으로 표현한다.

피카소는 이런 샤갈에 대해 빛과 색채를 이해하고 그리는 사람은 샤갈뿐이라고 했다.

샤갈은 결국 평화를 가져다주는 것도 사람이라고 생각하였다. "우리의 인생과 예술에 의미를 주는 단 한 가지 색은 바로 사랑의 색이다."라고 말한 것처럼 그의 예술성은 사랑을 배제하고는 해석이 되지 않는다. 사랑이 모티브가 되어준 낭만적이고 상상력이 풍부한 현실과 꿈을 오가는 샤갈의 그림 속에서 치유와 위로를 느낄 수 있었다.

어린아이 같은 순수함이 결국 따뜻함을 주는 그림들을 그릴 수 있었던 샤갈의 작품을 감상하면서 보육교직원의 지친 마음도 치유가 될 수 있기를 바라며 육아종합지원센터에서 힐링 프로그램을 기획하였다는 생각이 들었다.

보육교직원들이 느끼는 어려운 코로나19 위기의 불안한 상황마저

도 가라앉힐 수 있도록 따뜻한 마음을 갖게 하는 샤갈의 작품으로 위로가 되지 않았을까 생각해 본다.

나는 많은 나라를 보았다.
나는 색채와 빛을 찾아 여러 길을 통해 세상을 돌아다녔다.
진정한 예술은 오직 사랑 안에 존재한다.

– Marc Chagall –

관타나메라(Guantanamera)

그날은 고등학교에 입학한 후 처음으로 음악 수업이 있는 날이었다. 음악 선생님은 마치 베토벤이 안경을 낀 모습으로 머리카락을 휘날리며 교실에 들어오는 것처럼 느껴졌다. 교탁 옆에 서서 음악 선생님이 인사말을 하는 순간 목소리에 우리 모두는 깜짝 놀랐다. 분명 남자 선생님인데 여자가 말하는 것 같다. 요즘 방영되고 있는 드라마 〈펜트하우스〉의 청아 예술고등학교 '마두기 음악 선생님'과 비슷한 목소리를 지녔다.

"여러분이 사회에 나가면 이런 음악 정도는 알고 있어야 해요."라고 하면서 아주 능숙한 피아노 솜씨로 '관타나메라'라는 곡을 가르쳐 주었다.

이태리 말인지 프랑스 말인지 알 수 없는 단어에 우리는 한국말로 펜을 꾹꾹 눌러가며 받아 적으면서 목청을 높여 배웠었다. 얼마나 열심히 따라 불렀는지 지금도 가끔 라디오나 카페 등에서 이 음악이 흘러나오면 저절로 흥얼거리게 된다.

세계 여러 나라의 다양한 음악을 알려주셨던 베토벤 음악 선생님은 아직도 나에게 '관타나메라'로 기억되고 있는 참 고마운 선생님이었다.

라디오에서 안드레아 보첼리의 퀄리티가 있는 목소리로 부르는 '관타나메라'가 흘러나오니 음악적 앎의 지적 향유를 누리게 해주었던 여고 시절 베토벤 음악 선생님을 기억하게 된다.

나중에 쿠바 여행을 하면서 알게 되었지만 '관타나메라'라는 곡은 쿠바의 민속음악이었다. 우리나라 전통음악 '아리랑'처럼 쿠바 사람들이 애국가 다음으로 즐겨 부르는 노래였다는 것을 여행 가이드를 통해 듣게 되었다.

이 음악은 쿠바인들의 영혼과 같으며, 결집을 이루게 해주는 원동력이 되는 노래라고 한다. 호세 마르티(Jose Marti)라는 시인의 시(詩)에다 곡을 붙여서 유명해진 노래였다. '관타나모의 농사짓는 아가씨(구아 히라 관 타나 메라)'를 뜻한다.

쿠바 동전의 주인공이자 쿠바의 시인, 독립운동가였던 호세 마르티는 쿠바를 침략했던 스페인에 투쟁하며 독립전쟁을 적극적으로 이끌었으나 스페인 총독에 의해 추방당하고 남미를 돌다가 뉴욕에 정착한 후 혁명군을 모집하여 스페인군에 항쟁하다가 고향 땅인 산티아고의 '관타나모'에서 전사하게 되었다고 한다.

독립운동가로 기억되는 호세 마르티가 세상을 떠난 후 쿠바에서 역사상 가장 추앙받는 문학가가 되었으며, 쿠바뿐만이 아니라 남미 사람이라면 모두가 좋아하는 민요 '관타나메라'를 남겼다고 한다. 일제에 저항한 우리나라 시인 윤동주 시인과 비교하는 게 맞는지 모르지만 윤동주 시인을 떠올리게 한다.

4월은 쿠바를 여행하기 좋은 계절이었다. 이탈리아의 어부 마을 친퀘테레처럼 파스텔톤을 지닌 건물들, 빈티지스러운 골목을 지나서 박물관에서나 볼 수 있는 올드카를 타 볼 기회가 있었다. 마치 영화배우처럼 스카프를 두르고 올드카 안에서 마음껏 포즈를 취해보았다.

거리의 카페마다 들려오는 기타 소리와 흥겨운 노래와 민속춤을 구경하고, 한국에서는 자주 맛볼 수 없었던 쿠바 맥주를 마음껏 마실 수 있었다. 내가 유일하게 알고 있는 쿠바가 낳은 유명한 가수, 훌리오 이글레시아스(Julio Iglesias)의 음악을 들으면서 전두엽을 통해 아름다운 쿠바를 여행하였다.

여고 시절 음악 선생님으로부터 '관타나메라'를 배우지 않았다면 쿠바 여행이 오래도록 여운을 주지 못했을 것이다.

오늘은 어린이집 아이들이 아직은 서양음악을 이해할 수 없겠지만 부지불식간에 음악을 들으면서 저절로 음감 발달이 되기를 바라는 마음으로 어린이집 담 밖에까지 울리도록 큰소리로 '관타나메라'를 틀어놓았다.

게으르지도 않고 성질이 고약하지도 않은 사람이
가난하게 살고 있다면 그곳에는 불의가 있다.

– 호세 마르티 –

만경 향교

풍수지리의 명당 조건 중의 하나는 배산임수(背山臨水) 지역이다. 인간이 삶의 터전을 잡을 때 농업용수나 생활용수를 쉽게 구할 수 있고, 여름에는 시원하고, 겨울에는 단열 효과가 있는 지역에 군락을 형성하며 기본적인 삶을 영위하기에 편안한 장소로 배산임수 지역을 찾게 된다.

의식주가 해결되면 그다음으로 찾는 것은 교육의 효용성이다. 요즘에는 아파트를 지을 때 아파트 단지 내에 반드시 있어야 하는 것은 '**어린이집**'이다. 그리고 인근에 초등학교와 중학교 그리고 고등학교가 자리 잡고 있어야 명품아파트로서의 존재감이 어마어마해진다.

조선 시대에는 국가가 운영하는 국립학교가 있었는데 '향교'라는 기관이었다. 조선 시대 전기에 건립된 교육시설이었던 향교는 대체로 고을의 중심부에 위치하여 향교가 있는 동네라면 그 도시의 중심

지라고 할 수 있었다. 향교가 있는 동네는 최적의 교육 인프라가 형성되기에 적합했을 것이고 향교를 중심으로 움직이는 마을이 되었을 것이다.

조선 시대로부터 이어진 향교가 아직 명맥을 이어 남아 있는 향교는 약 230여 개 정도라고 한다. 아직도 남아 있는 대부분의 것들은 마치 대궐 같은 분위기의 규모가 큰 한옥의 형태를 갖추고 있다. 물론 예외가 있기도 하지만 도시 근교에 민가라고 하기에는 조금 규모가 있는 한옥이라면 확률적으로 봤을 때 향교라고 할 수 있다.

향교는 임진왜란, 병자호란 등의 전쟁을 겪으면서 요즘의 사립교육기관이라고 하는 '서원'이 생기면서 향교의 발전이 부진하게 되었다. 그래서 효종 때는 향교를 부흥시키기 위해서 지방의 유생이 그 지역 향교에 이름을 올리지 못하면 과거를 응시하지 못하게 하는 정책을 펼쳤다고 한다.

오늘날 교육기관에 비유하자면 서울의 국립대학은 성균관, 지방의 공립학교는 향교, 사립학교는 서원이라고 할 수 있다. 고종 이후 과거제도가 폐지되면서 향교는 이름만 남아 있게 되고, 제사를 지내는 기능을 주로 수행하였다고 한다.

지방의 우수한 인재를 양성하고, 지역의 선현들의 제사를 지내는 곳인 만큼 향교는 지역사회에서 중요한 위치였을 것이다. 그런 막중한 임무를 수행하는 곳이기에 향교 주변에 하마비(下馬碑)를 세워서 향교의 존재감을 드러냈다고 한다.

하마비(下馬碑)는 궁궐이나 관아, 향교, 사찰 등의 정문에서 볼 수 있다. 하마비가 세워져 있으면 신분의 고하를 막론하고 누구라도 "타고 가던 말에서 내려서 걸어서 지나가라"는 의미였다. 말을 타고 온 사람들이 가던 길을 멈추고 말에서 내려서 향교 주변을 걸어가도록 방침을 세웠던 것이다. 그만큼 향교 주변을 신성시했다고 할 수 있고, 교육기관이니 말발굽 소리도 내지 못하게 하는 엄숙한 장소라는 의미이기도 했을 것이다.

사랑하는 나의 아버지의 이야기를 들려주고 싶어서 이렇게 장황하게 '향교'를 설명해 보았다. 아버지께서는 평생을 공무원으로 재직하시다가 정년퇴직 후 30년 동안 오로지 선산을 둘러보며 선영을 돌보는 일, 최고의 일가를 유지하기 위한 종친회의 일, 제사와 후학 양성을 위한 향교의 명맥을 이어가기 위해 시골 마을에 있는 만경 향교에서 청소년들을 지도하는 일로 시간을 보내셨다.

나의 고향 만경에는 '만경 향교'가 있다. 어쩌다 가족들이 휴일에 아버지와 식사를 하기 위해 만경 아버지를 찾아가면 점심시간이 지나도록 자식들을 집에서 두어 시간 동안 기다리게 하고, 자전거를 타고서 만경 향교를 다녀오신다.

매주 일요일이 되면 만경 향교의 '일요 학교'에 부모님께 등 떠밀려 공부하러 나오는 청소년들에게 한 명이 나오든지 서너 명이 나오든지 삼강오륜(三綱五倫), 사서삼경(四書三經), 사자소학(四字小學) 등을 가르치셨다. 지금은 지방 인구가 급감하여 거의 청소년들을 찾아보기가 어려워졌다.

사자소학(四字小學)에서의 가르침은 인간이 마땅히 지키며 살아가야 하는 윤리와 도덕을 강조하고, 전통문화를 이해하고, 부모에 효도하고, 나라에 충성하는 바른 인성을 가진 인간을 육성하고자 함이다.

삼강오륜(三綱五倫)의 가르침은 공자의 가르침을 따르는 유교에서 기본적으로 지켜야 할 도덕 지침서라고 할 수 있고, 사서삼경(四書三經)은 유교에서 주장하는 진액들만 모아놓은 책으로《논어》,《맹자》,《중용》,《대학》과《시경》,《서경》,《역경》을 말한다.

만경 향교에서 일요일마다 아버지께서 하시는 역할은 서당의 훈장 선생님이셨다. 전형적인 유교 집안의 종손이셨던 아버지께서는 정말 남다르게 충효 사상이 깊으셨기에 어쩌면 이 일이 아버지와 잘 맞았을 것이다.

성균관에서 나오는《어린이 사자소학 지도서》가 발행되면 아버지께서는 잊지 않으시고 어린이집 원장 선생님인 막내딸에게 꼭 보내주셨다. 어린이들이 갖추어야 할 올바른 인성을 어린이 사자소학을 통해서 배우고 바른 가치관을 가진 아이들로 키우라는 당부였다. 또한 당신의 여섯 번째 자식으로 태어난 막내딸이 어린이집 원장 선생님인 것이 무척 자랑스러웠기 때문이다.

만경 향교에서 아버지께서 학생들을 가르치는 동안 집에 남아 있는 자식들은 아버지의 뒷담화로 기다리는 내내 이야기꽃을 피운다. "요즘 아이들에게 과연 아버지의 가르침이 잘 먹힐까?"가 이야깃거리다.

우리 자식들은 성장하는 내내 귀에 딱지가 앉도록 들은 이 가르침들이 요즘의 청소년들에게 가슴으로 울리는 절절한 교육관을 가진 아버지의 가르침은 자장가처럼 들리는 이야기가 아니었을까? 생각해 본다.

나는 80이 넘은 연세에도 아버지께서는 후학 양성을 위해 자전거를 타고서 왕성하게 활동하는 모습이 늘 자랑스러웠다. 아버지께서는 자전거 타는 힘이 남아 있을 때까지 만경 향교의 일요일을 지키셨다. 그래서 만경 향교는 우리 자식들에게 또 다른 의미가 있는 교육기관으로 길이 남을 것이다.

그리운 나의 아버지, 자식들에게는 아버지의 부재는 늘 아쉬움으로 남는다.

사진출처 - 전라북도 문화재자료 만경 향교 대성전(萬頃鄕校大成殿)│국가문화유산포탈

※「만경 향교」는 조선 태종 7년(1407년)에 만경 동헌 서편에 있는 송전리에 처음 지어짐.
  광해군(재위 1608~1623) 때 불타 없어져 인조 15년(1637)에 지금의 동문 내리에 다시 지어 오늘에 이르고 있다.)

가우디 같은 위대한
건축가를 꿈꾸며

    낙후된 재래시장 주변이 서울시의 서울플랜정책에 의해 뉴 타운으로 개발되어 점점 멋진 도시로 탈바꿈되고 있다. 서민들의 의식주를 해결해 주던 재래시장이 역사의 한편으로 사라지는 모습이 안타깝기는 하지만 새로운 도시의 역사를 만드는 것에 한 표! 시장 주변이 환골탈태하여 도심의 랜드마크로 급부상하기 위한 준비로 몸살을 앓고 있다. 주변에 펜스를 쳐 둔 건물을 부수고 해체하는 작업으로 막힘없이 통행되던 차도는 이번 주 내내 정체되고 있다.

    오늘도 어김없이 정체된 도로에서 통행이 용이하게 될 때까지 기다리다가 고개를 들어 위를 바라보니 마치 설치 미술가가 건물을 찢어내는 행위 예술을 펼쳐 보이는 것처럼 소음도 없이 건물들이 찢겨 나간다. 마치 황태포를 찢듯이 건물을 북북 찢어내고 있다.

건물을 해체하는 일은 고도의 전문적인 기술적인 능력을 요구하는 일인 것 같다. 요즘은 건물을 해체하는 공법이 발달하여 다양한 방법이 쓰인다고 한다. 건물을 해체는 파쇄 공법과 절단 공법이 있는데 파쇄 공법은 폭약으로 발파하여 건물을 한 번에 붕괴시켜 건물을 잘게 부수어 주변에 미치는 영향을 최소화할 수 있다. 절단 공법은 기계나 화학 약품을 이용하여 건물을 절단하여 옮기는 방법이다. 소음이나 진동, 먼지 등이 적은 반면에 철거 기간이 오래 걸리는 단점이 있다.

현재 가장 많이 사용하는 철거 공법은 굴삭기의 유압으로 구조물을 압쇄하는 압쇄식 해체 공법인 크러셔(crusher) 공법을 사용한다고 한다.

대형 압쇄기는 유압의 힘으로 압축하여 콘크리트나 벽돌을 깨거나 절단하여 건물을 철거하기 때문에 소음이나 진동이 적고 파편도 튈 염려도 없다. 조용하고 매우 안전하기 때문에 요즘은 주로 이 방법을 선호한다고 한다.

오래된 아파트를 철거할 때 층별로 철거되는 모습을 볼 수 있을 것이다. 저층 아파트는 압축기를 이용해 1층부터 건물을 무너뜨려 철거하고, 고층 아파트는 가장 먼저 엘리베이터 공간을 해체한 후에 꼭대기 층에서부터 압축기로 파쇄하여 건물을 줄어들게 한다. 이 또한 무심코 지나는 행인의 한 사람으로서 무지 신기한 현상이었다.

일본에서는 40층 높이의 빌딩을 해체할 경우에 빌딩 내부에서 높이를 줄여나가는 방식의 테코랩(tecorep)이라는 공법을 사용하는데 꼭대기 층을 받치고 있는 기둥을 1인치씩 잘라내어 차츰차츰 건물을 깎는다. 다른 공법에 비해 시간은 많이 걸리지만 훨씬 안전하고 먼지 등을 줄일 수 있어서 도시 중심부의 빌딩 철거에 적합하다고 한다.

또한 내부에서 작업을 하기 때문에 날씨의 영향도 받지 않고, 주변 건물이나 도로 상황에 피해를 줄일 수 있어서 빌딩이 밀집되어 있는 곳을 해체할 때 유리하게 사용되는 공법이다.

이처럼 건물을 해체하는 방법도 시대의 흐름에 따라 점점 진화되고 빠르고 산뜻하게 부서지고 있는 것을 볼 수 있다.

어린이집에서 아이들이 가장 즐겨 하는 놀이로는 벽돌 블록놀이, 와플 블록놀이, 유니트 적목놀이 등이 있다. 블록놀이는 대칭과 균형을 알게 하고, 쌓고 부수고 끼우기를 반복하며 공간지각능력을 키우고 상상력을 발휘할 수 있다. 이러한 놀이는 스페인의 유명한 건축 양식을 설계하고 만들어 낸 건축가, 안토니오 가우디 못지않은 위대한 건축가의 꿈을 키우기에 적합한 놀이라고 할 수 있다.

이렇게 어린이집에서 보육교사의 관심 속에서 쉼 없이 친구들과 했던 놀이들은 아이들의 빛나는 찰나의 창의적인 놀이로 확장되어 성인이 되었을 때 직업으로까지 연계된다면 어린이집 안에서 대한민국의 위대한 건축가들이 많이 배출될 수 있을 것이다.

건축 구조물이 찢겨나가는 건설현장을 지나면서 이 지역의 랜드

마크로 부상되는 재래시장 일대의 몇 년 후를 상상하며 통행 대기에
지루해진 마음의 여유를 가져보았다.

> 당신이 배를 만들고 싶다면 사람에게 목재를 가져오게 하고,
> 일을 지시하고, 일감을 나눠주는 일을 하지 말라.
> 대신 그들에게 저 넓고 끝없는 바다에 대한
> 동경심을 키워줘라.
>
> – 생텍쥐페리 –

4장

어린이집
코로나 상황

언택트 (비대면) 시대의 어린이집

2020년대 들어와서 코로나19로 '언택트(untact)'라는 단어를 접하였다. '비대면'이라는 뜻을 가진 언택트는 영어의 'contact (접촉하다)'의 반대 의미의 '언(un)'을 붙여 만든 합성어로 코로나19에 맞물려 있는 요즘을 언택트 시대라고 명명하고 있다.

신기하게도 코로나19로 발생된 기이한 현상에 인간들이 잘 적응하여 지내고 있는 것이다. 상점 점원의 접촉 없이도 물건을 구매하는 인터넷 쇼핑몰을 이용하고, 마켓에 갈 필요 없이 식재료를 구입하고, 생활용품을 구입한다. 거기에 음식도 식당에 가서 사 먹을 필요 없이 '배달의 **' 등의 앱을 이용하여 배달시켜 먹는다. 대한민국은 새로운 소비 성향을 경험하고 있다.

코로나19로 현재 사회의 많은 현상들은 다양한 변화를 겪고 있으며 오늘은 자연스러운 것들이 내일은 어떠한 형식, 어떠한 형태로 변질되어 있을지 아무도 단언할 수가 없게 되었다.

기업에서는 언택트 시대에 걸맞게 재택근무로 업무를 볼 수 있으며, 학교는 온라인 수업을 통해 비대면으로 수업을 들을 수 있게 되었다.

앞으로는 사무실이나 학교 등의 하드웨어가 필요 없게 될지 모른다. 직장인들은 재택근무로 근무지가 집으로 옮겨질 것이고, 학생들은 집에서 온라인으로 화상으로 모든 교육을 받게 될 것이니 하드웨어가 사라진다고 해도 생경한 일이 아닐 것이다.

얼마 전 비대면 화상교육으로 직무연수를 통해 직접 경험해 보니 익숙하지 않은 수업 방식에 적응하느라 힘은 들었지만 시간 절약도 되고 효율적이라는 생각이 든다. 교육생은 교육장까지 가야 하는 시간을 절약할 수 있고 운영체는 유지비용이 많이 절감되는 다양한 이점이 있을 것이다.

요즘 어린이집 보육교직원들은 비대면으로 매년 꼭 이수해야 하는 직무교육을 받고 있다. 스트레스관리나 상담교육, 안전교육, 직무교육 등이 가능해지고, 조리사는 영양·위생교육 등 모두 비대면 화상교육으로 가능해졌다. 학부모는 부모교육, 부모 참여 수업까지 화상으로 교육이 가능하게 되었다.

영·유아에게는 가정보육을 도와줄 수 있는 교구와 함께 교육계획을 세워 가족과 함께할 수 있는 교육자료 등의 꾸러미를 가정으로 배달하여 일시적인 보육을 가능하게 해줄 수 있게 되었다.

그런데 여기서 고민해 볼 일은 어린이집은 하드웨어와 소프트웨어의 집합체라는 것이다. 가정이 아닌 어린이집에서 비대면으로 어디까지 어떻게 아이들을 보육할 수 있을 것인가의 문제다.

유일하게 인간만이 친구들과 감정을 교류하면서 혼자가 아닌 여러 사람들과 소속해 있음에 안도하며, 사회 안에서 연계하고 행복감을 갖고 살아간다. 사람 사이에서 부대끼며 교류하는 것은 매우 즐거운 활동으로 인간만이 갖는 특권이라고 할 수 있다.

긴급 보육으로 영·유아를 부모가 원할 때만 보육하고 있었지만, 결국 부모들은 백기 투항하고 아이들을 아침부터 저녁까지 보내고 있는 실정이다.

아무리 언택트 시대라고 하지만 사람을 키우는 일은 언택트하게 할 수 있는가의 문제다. 2m 거리를 유지하며 마스크를 낀 채로 하루 일과를 보내는 것이 언택트한 것인지…….

비대면으로 접촉 없이 아이들을 키워낸다는 것이 과연 가능해질 일일까?

AI라면 비대면 보육이 가능할까?

시도 때도 없는 코로나 위기

나는 백신 접종의 위험에 대해 반신반의하면서도 접종할 수밖에 없는 직업군에 속해 있다. 화이자, 모더나, 아스트라제네카를 2차까지 접종한 후 3차 백신 접종을 하는 것을 '부스터 샷'이라고 한다. 매스컴을 통해 접하게 된 이 단어의 사전적 의미는 booster(약의 효능을 촉진하는 촉진제)라는 단어와 shot(주사)이라는 단어의 결합으로 약의 효능을 촉진하기 위한 주사다.

나 같은 경우에 코로나 3차 백신 접종으로 알게 된 단어지만 여러 질병의 백신 접종이라는 뜻으로 의료 분야에서는 이미 오래전부터 사용하고 있는 단어라고 한다. 2차 백신 접종을 하고도 델타 바이러스가 확산되면서 확진자가 계속하여 나오고 있고, 결국 돌파 감염 '오미크론'이 확산되자 정부에서는 백신 접종의 효과를 안전하게 오래 유지하기 위해서 추가적으로 백신 접종을 일반인들이 할 수 있도록 '부스터 샷' 접종을 권한다.

우리처럼 보육이라는 직업군에 속해 있는 사람들은 의무적으로 3차 백신 접종을 해야 안전하다는 판단이 들지만 위협적인 요소들이 아직 검증되지 않은 상황에서 선뜻 접종하고 싶지는 않을 것이다.

어찌 됐건 우린 공적 분야에서 근무하는 직업인으로서 의무적으로 접종하는 것이 정답 같아서 할 수 없이 지난주 수요일에 미루고 싶었던 3차 백신 접종을 하였다. 3차 백신 접종 후 4일 정도 지나니 갑자기 체온이 오르면서 머리가 아프고, 몸살 같은 증세가 있는데 마치 감기몸살을 앓는 것처럼 체온이 높아지면서 목 안이 붓고, 혓바늘이 돋아 침을 삼키는 것이 어렵고, 무기력한 상황에 빠져들었다.

'내 몸이 왜 이러지?'라는 생각이 들자 '혹시 코로나에 걸린 건 아닐까.'라는 의심이 들면서 너무 힘이 들었다. 자라 보고 놀란 마음이 솥뚜껑 보고 놀란다고 머릿속에 '코로나'라는 생각이 들면서 나의 행동거지들이 명백하게 허둥거려지기 시작했다.

코로나 키트를 사다가 검사를 해보면서 안심이 되기는 했지만 하루 종일 많이 아픈 사람처럼 끙끙 앓으면서 인후염에 효과가 있는 약, 소염 진통제 등을 시간대별로 먹으면서 견뎌냈다. 3차 백신 접종의 후유증이었는지 하루 자고 나니 멀쩡해졌다.

다음 날 아침, 출근하여 보육 통합을 열어보니 교직원들도 그들의 시간을 조율하면서 3차 백신 접종을 마쳤거나 예약을 기다리는 상황인데 어린이집을 이용하는 가정과 보육교직원에 대한 선제 검사

협조 요청 안내문이 들어와 있었다. 코로나 선제 검사를 독려해 달라는 공문이다.

약 2주 정도의 시간을 주고 선제 검사하라는 협조 공문을 교직원들에게 안내하고 보니 교직원들은 너도나도 퇴근하기 전에 검사하기를 원한다고 한다. 그러나 어린이집 원장으로서 영·유아들이 어린이집에 많이 남아 있는 시간에 교직원들의 검사시간을 한꺼번에 내어주기는 어렵다.

코로나 선제 검사를 받아야 한다고 안내를 하자마자 당일 4시 이후부터 교직원들은 조를 나눠서 4시 이후에 남아 있는 아이들의 보육인력이 턱없이 부족한데도 검사하러 나간다고 한다.

코로나 검사를 하는 데 함께 가지 못하는 남아 있는 당직자는 평소보다 더 많은 아이들을 돌보는 것에 불만이 생길 수밖에 없고, 본인도 다른 직원들이 검사하러 가는 시간에 함께 가서 검사하고 싶을 것이다. 당직교사는 원장실을 노크하며 본인도 함께 검사하러 가고 싶다고 한다. 결국 전체 교직원들은 퇴근하면서 검사하도록 안내를 할 수밖에 없었다.

요즘은 사회생활하면서 '양보와 배려'라는 단어를 찾아보기가 어렵다. 각기 다른 성장 배경과 가치관이 다르고 목표를 세울 때 개성이 있기에 마찰이 생기고 대립이 생길 수밖에 없다. 그러나 어려운 시기일수록 마음을 모아 단합된 힘을 보여줘야 난제 앞에 커다란 산맥을 뚫을 수 있을 것이다. 내가 누리는 자유만큼 그 자유만큼의 공정한 이웃의 자유도 고려하며 공정한 판단을 할 줄 아는 지혜가 필요한 시도 때도 없는 코로나 위기의 요즘이다.

코로나에 확진되는 꿈

요즘엔 가만히 있어도 심장이 조여드는 것 같고, 열도 나는 것 같고, 두통도 심해졌다. 일주일 내내 어린이집 안에서는 코로나 확진이라는 것 때문에 아동의 등원 여부에 대해 일시적 이용제한 등을 자주 하면서 혼란스러운 상황을 보냈다.

학부모가 확진이 되면 아동이 확진되고, 형제자매가 확진되고, 아동을 돌보는 주변인이 걸리고, 또한 교사들이 걸린다. 정답 없이 매일 반복되는 코로나 일상으로 어린이집 운영 상황이 정말 혼란스럽고 그 피로감은 이루 말할 수 없다.

코로나 걱정 때문에 생긴 강박증이라고 해야 할까? 내 의지와 무관하게 자꾸만 코로나에 걸리는 장면이 떠오르면서 코로나 자가 키트로 검사를 하게 된다.

새벽마다 코로나에 확진되는 꿈을 꾸게 되어 잠자리에서 놀라 일어나기도 한다. 아마도 오늘 아침에 화들짝 놀라며 잠에서 깨어난 것은 PCR 검사 결과를 기다리는 중이라서 더 그랬을 것이다. 이렇게 코로나에 확진되는 꿈을 꾸는 이유는 현실에서 오는 스트레스로 걱정거리가 코로나에 걸리는 꿈으로 반영되었을 것이다.

잠에서 깨어난 잠시 후에 알림 톡이 도착한다.

〔오전 6:25〕

콩새 작가님 2022.02.18. 실시하신 코로나19 PCR 검사 결과 "음성"입니다.

① 본 문자는 다중이용시설 등의 출입을 위한 PCR 음성 확인 용도로 활용할 수 있습니다.
② 본 문자를 통한 PCR 음성 확인 유효 기간은 2022.02.21. 24:00까지입니다.
　(문자를 통보받은 시점으로부터 48시간이 되는 날의 자정까지 인정)

어제 PCR 검사를 한 이유는 교직원이 코로나 검사 결과 양성 판정으로 어린이집 상황이 분주해졌다. 새벽부터 출근하여 담당 반은 48시간 일시적 이용제한에 들어갔고, 그 외의 반들도 걱정되고 고민되는 분들은 신속항원 검사를 받으라고 안내를 하였다. 전체 교직원은 PCR 검사를 받았고, 확진으로 판단된 교사와 2일 전부터 밀접 접촉한 교사는 더욱 불안에 떨면서 PCR 검사 결과를 기다리게 된다.

일주일 전에도 교직원 가족 중 한 분이 코로나 확진으로 자동으로 동거인인 교사가 자가 격리에 들어가면서 전체 교직원은 PCR 검사를 의무적으로 하였는데 어제 또 단체로 PCR 검사를 받았다.

검사를 받기 위해 선별 진료소나 보건소에서 코로나 검사를 기다리는 긴 행렬의 인파 속에서 두어 시간을 기다려야 겨우 검사를 할 수 있는 상황이었다. 기다리는 내내 오히려 이곳에서 코로나에 확진되지 않을까 걱정을 한다.

검사를 받기 위해 기다리면서 사회적 거리두기를 해야 하는 상황이지만 워낙 검사를 받고자 하는 사람이 많은 관계로 거리두기를 한다는 것도 쉽지 않아 보인다.

이런 것들을 감내해야 하는 직업이기에 인정하고 당연하게 매뉴얼대로 하지만 매뉴얼에 대한 해석도 다양하여 더 효과적인 대안정책은 없을까 생각해 본다.

백범 김구 선생님의 애송시처럼.

> 눈 내린 길을 걸을 때 함부로 걷지 마라.
> 오늘 내가 남긴 발자국이 훗날 다른 사람에게 이정표가 되리니
>
>   - 백범 김구 애송 시 -

아무도 가보지 않은 지금의 난관을 헤쳐나가면서 아무도 밟지 않은 하얀 눈 위의 자국은 누군가의 이정표가 될지니 함부로 실험적으

로 대안정책을 내놓으면 안 된다.

마스크를 옷 챙겨 입듯이 착용하고, 방역수칙을 아무리 잘 지켜도 코로나에 확진이 되니 신중을 기할 수밖에 없다.

대부분의 직장인이라면 모두 휴식을 취하는 토요일 오후, 어린이집 원장님들의 오픈 채팅방은 안전한 보육을 위해 다람쥐가 쳇바퀴 돌듯이 보건복지부, 질병관리청에서 내려주는 매뉴얼을 해석하면서 코로나 상황에 대응하느라 분주하다. 평상시 같으면 새 학기 준비로 눈코 뜰 사이 없이 바쁜 시간들을 보냈을 텐데……

새 학기 준비로 새롭게 단장 중인 우리 어린이집의 토요일 오후는 공사 먼지와 페인트 냄새가 가득하지만 입학 안내 책자를 만들기 위해 주임교사와 함께 출근하여 쉴 틈 없이 프린터 기기를 작동한다. 코로나 시기여도 시간은 흐르고, 어린이집에서는 또 다른 새 학기 준비로 여념이 없다.

두통약이 필요 없는 코로나 강박증은 언제쯤 사라질까? 교직원들까지 순차적으로 코로나에 확진되어 어린이집 업무는 마비되어 가고, 조리사마저 확진으로 도시락으로 점심을 해결하고 있다. 갑자기 대체로 조리해 줄 사람도 구하기가 쉽지 않다. 보건증을 발급하는 것도 싫다고 하고, 짧게 일하고 세금 내는 것도 싫다고 한다.

어린이집 아이들과 현장학습을 간 것도 아닌데 도시락을 주문해서 먹어본 것도 처음이었다.

아름다운 육아

출근하면서 제일 먼저 어린이집 텃밭 앞에서 쌍둥이 친구들을 만났다. 남자 쌍둥이와 여자 쌍둥이들이다. 엄마와 할머니 손에 이끌려 유모차에 타 있기도 하고, 안겨 있기도 하고, 걸어오기도 하는 이 아이들과 나의 출근시간과 쌍둥이들의 등원시간이 비슷해서 매일 아침 제일 먼저 만나게 된다.

등원하는 길에 텃밭을 둘러보면서 산책하며 시간을 보내는 걸 보니 9시 이전에 어린이집 현관을 들어서는 게 미안한 모양이다. 이 둘은 놀이터를 한 바퀴 돌고, 상자 텃밭을 둘러보고, 정확히 9시가 되면 어린이집 초인종을 누른다.

코로나 2단계 격상으로 어린이집은 휴원 상태며, 긴급 보육을 원하는 아이들만 대여섯 명이 등원하고 있다. 그중 이 쌍둥이들이 차지하는 비율이 80%다. 쌍둥이 엄마들은 쌍둥이를 키우는 일이 쉽지 않은 모양이다. 어린이집이 휴원 상태지만 아이들을 꼭 보내야 한다면서 여러 가지 이유를 들어 담임선생님께 문자를 보내온다.

어린이집은 아이들 등원을 막을 이유가 없다. 엄마들은 필요시에 언제든지 이용할 수 있는 곳이 어린이집이기 때문이다.

쌍둥이 육아는 할머니도 버겁고 엄마도 버겁다. 요즘처럼 여유 있는 어린이집 공간은 어쩌면 이 쌍둥이들에게는 최적의 공간이 아닐까 생각된다. 육아는 정답이 없다. 쉽고 어렵고의 문제도 아니다. 그나마 21세기는 행복한 육아를 할 수 있는 좋은 시절이다. 꼰대 같지만 라떼는 지금보다 아이 키우기에 좋은 환경이 아니었다. 지금은 훨씬 좋은 상황임에도 엄마들은 아이 키우는 일이 버겁고 힘들다고 한다.

시절이 좋아져서 힘든 일을 안 해봐서 그럴까? 라떼는 직장을 다니는 여성들이 지금처럼 어린이집이 잘 되어 있지도 않았지만, 숙명으로 여기며 힘은 좀 들어도 엄마의 몫으로 알고 필연적으로 키웠다.

퇴근하기 무섭게 어린이집에서 아이들을 데리고 집으로 와서 옷도 못 갈아입고, 아이들 저녁 준비해서 먹이고, 아이들 목욕시켜 옷 갈아 입혀서 재우고 그제서야 본인 입에 밥 한술 떠 넣고, 설거지하고, 샤워하고, 하루를 정리할 수 있었다.

아이의 발달단계를 이해하며 정서적으로 안정되게 키울 수 있는 환경이 더욱 아니었고, 정신없는 육아를 하면서 엄마는 끊임없이 성장하면서 어른이 되었던 것 같다.

원장 선생님이 요즘 드는 생각은 '완벽한 육아'가 아니어도 엄마들이 행복했으면 좋겠다. 필라테스를 하고, 브런치를 즐기고, 취미 활동을 하며 자아를 찾는 일도 중요하겠지만 육아를 하면서 엄마가 행복하면 아이들은 당연하게 행복할 것이다. 요즘 젊은 엄마들이 행복할 일이 무엇일지 꾸준히 알아봐야 한다.

아이들은 한여름의 꿈을 꾸는 존재다. 봄에 뿌려둔 씨앗들은 한여름엔 흐드러지게 꽃을 피워 희망을 주고, 눈부신 황금의 가을엔 풍성하게 열매를 맺어 선물을 주며, 겨울을 보다 더 따듯하고 배부르게 해준다.

한여름에 꿈을 꾸는 아이들은 눈 깜짝할 사이에 꽃을 피울 것이고 눈이 부셔 아찔해질 것이다.

조금만 참고 기다려 보자. 아름다운 육아는 긴 기다림이다. 20년 후 또다시 아름다운 육아의 오늘의 시간을 그리워할 것이다.

사랑의 첫 번째 의무는 상대방에 귀 기울이는 것이다.

- 폴 틸리히 -

코로나보다 더 무서운
'가정 보육'

조카의 아들, 정우가 다니는 유치원에서 같은 반 친구가 확진되었다고 유치원에서 가정 보육하라고 연락이 왔다면서 내게 문자를 보내온다. 다음 주에 큰아이가 졸업식인데 졸업식도 못 할 것 같고, 두 명을 유치원에 보내면서 한 달에 55만 원씩 내고 있다면서 유치원 비용이 아깝다고 볼멘소리를 한다.

유치원 비용만 내고 유치원에 다녀보지 못하고 한 달 유치원 비용을 고스란히 지불하려면 아깝기는 하지만 시절이 하 수상하니 어떻게 하느냐고 푸념을 한다.

유치원 선생님은 가정 보육하기 어려우면 긴급 돌봄 신청해서 유치원에 보내도 된다고 하지만, 보내기도 찝찝하고 안 보내자니 너무 힘들고 둘이 붙어 있으면 자꾸만 싸워서 둘의 싸움을 중재하는 것이 제일 힘들다고 한다.

정우를 긴급 돌봄을 보내려 했더니 코로나 검사를 하고 보내라고 해서 코로나 검사를 하는데 오로지 정우만 병원에서 울고불고 난리였다고 한다. 겨우 검사를 마치고 음성 판정을 받고 보내려고 했더니 유치원에 또 다른 확진자가 발생했다고 해서 또다시 가정 보육에 들어갔다고 한다.

*"이모, 난 코로나보다 더 무서운 게 가정 보육이야."*라고 한다.
"코로나보다 더 무서운 가정 보육⋯⋯."

젊은 엄마들이 아이 둘을 키우면서 유치원이나 어린이집에 많은 의지를 하고 보내기 때문에 코로나 시국에 가정보육을 하라고 하면 어쩌면 정말로 무서울 것 같다. 우리 어린이집 학부모님들도 자주 이런 일을 겪을 텐데 아무 말 없이 기다려 줘서 감사할 따름이다.

오늘은 결국 정우가 양성 판정으로 확진자가 되어 집에서 자가 격리에 들어갔다고 한다. 하지만 유아가 확진자가 되면 온전한 재택 격리가 될 수 없다고 한다. 집에서 화장실 딸린 방을 혼자 독차지하고서 유튜브를 틀어놓고 즐기고 있는 사진을 보내온다.

처음엔 음성이었는데 아마도 잠복기를 거쳐 양성이 된 것 같다고 하는데 가벼운 감기 증상처럼 보이고 목이 좀 칼칼하고 기침이 나는 정도라고 한다.

성인의 경우 코로나에 감염되어 확진자가 되면 격리 기간 동안 지치겠지만 정우는 오히려 유튜브를 보면서 마치 "유튜브 보는 상을 받은 것처럼 보여요."라고 한다. 오전 내내 정우는 로봇 친구들과 함께 지낼 수 있었는데 오후가 되니 누나까지 확진이 되었다고 한다.

가족들은 자동 격리로 집안에서 꼼짝을 못 하는데 생필품은 쿠*과 마켓**로 구입해서 먹고사는 데는 지장이 없다고 한다. 언제 또 우리 가족이 이렇게 붙어 지내겠느냐고 코로나 감염 상황에 대해 긍정적으로 이야기한다.

코로나에 감염되어 많은 사람들이 사회적 거리두기 등으로 심신이 지쳐있다. 특히 어린이집은 많은 사람들이 이용하는 곳이기에 코로나 감염 여부에 민감한 사안이다. 하루에도 서너 명씩 코로나 감염으로 양성 판정을 받는 입장이기에 코로나 대응체계를 운영하면서 방역관리에 만전을 기하고, 일상생활 속에서 거리두기에 세심하게 신경을 쓰고 있지만 여간 어려운 일이 아니다.

보건복지부와 서울시에서 내려주는 자주 바뀌는 〈어린이집용 대응지침〉 개정 안내가 벌써 10판째 내려왔다. 변경된 내용을 숙지하기도 전에 또 다른 개정판이 나오고 있는 상황에서 어린이집 방역에 철저를 기해달라는 담당관들의 숙지 요청에 개정판을 또다시 확인해 본다.

모두가 힘든 시기다. 이 또한 지나가리라…….

언니! 나 여행 왔어요

'언니! 나 여행 왔어요.

여긴 산속에 위치한 리조트,

밤 9시 이전인데 깜깜하고, 조용하고, 방에 텔레비전도 없고······.

처음엔 심심했는데 이젠 책도 읽고, 영화도 보고, 날 위한 시간을 갖고 있는 중입니다.

밥을 안 해도 되고, 청소를 안 해도 되고, 가족 걱정 안 해도 되고,

때 되면 밥이 배달 왔다고 문자가 들어와서

현관문을 열어보면 문 앞에 음식을 배달해 놓고 가요.

그러면 알아서 자율적으로 음식 가져다 먹고,
누가 깨우지도 않아서 실컷 잠을 자고~

......

실은 나 코로나19 바이러스가 확진되어서 일주일째 격리 중
ㅋㅋㅋ

지난 주말 아침, 21년 전 함께 상담심리를 공부했던 후배로부터 온 문자 내용이다. 처음 문자를 읽으면서 들었던 생각은 '이런 시국에도 여행 가는 사람이 있구나.'라는 생각이었고, 그다음으로 웃음이 나왔다가 다음으로 든 생각은 '아, 이렇게 가까이에 정말 확진자가 나오는구나. 나도 확진자가 될 수 있겠구나.'라는 생각이었다.

후배의 말에 의하면

"인생을 살면서 갑자기 생각지도 않은 변수가 생긴다는 것을 처음으로 알았고, 내게도 불행이 올 수 있다는 거예요. 늘 내 삶은 꽃길이라고 믿었는데……."

그러면서 덧붙이기를 겸손하고 감사하는 삶을 살아야겠다고 한다.

어제는 강아지와 함께 산책하는 모습이 찍힌 사진을 보내왔다.

"언니! 나 격리기관에서 격리 해제되어 집에 왔어요. 한편으로는 오랜만에 집에 오니 집이라는 공간이 너무 감사했어요. 그런데도 2주간 격리 기간에 지낸 후유증인지 답답해서 강아지 데리고 산책 나왔어요."라고 한다.

보건소에서는 아직 사람을 만난다든지 마트에 가는 일 등은 지양하고 사회적 거리두기를 잘 지키고 일상생활을 조심스럽게 해야 한다고 다짐받았다고 한다.

나는 여러 가지가 궁금했다. 다시 출근할 수 있느냐고 물으니, "출근은 해야겠지요. 그런데 나가는 것이 두려워요. 나로 인해 또 다른 확진자가 나올까 봐 일상생활이 두려워요."라고 하며 직장이 코호트 격리를 했던 곳이라고 한다.

만일 내가 그 입장이 된다면 그런 상황이 된다면 다시 출근하는 일은 고려해 볼 것 같았다.

전 세계적인 전염병이기에 타인과의 근접한 접촉으로 전파되어 스스로 방역수칙을 잘 지키고 위생관리를 철저히 한다고 하여도 공중에 떠다니는 바이러스를 차단한다는 것이 쉽지 않은 일이다.

후배는 자기로 인해 다른 사람들이 피해를 받을까 봐 무서웠을 것이다. 사람과의 모임과 만남을 자제해야 하는 어수선한 코로나 4단계 상황에서 하루하루 지내는 일이 쉽지 않은 일이다. 몇 달째 백신 노입으로 끊임없이 접종자의 수는 늘어나는데 또다시 델타 변이가 생겨서 두려움을 느끼게 하고 있다. 천연치료법 등의 여러 가지 방책들이 난무하지만 이렇다 할 해결책은 없는 상황이다.

코로나 4단계에 집에서 잘 지내는 방법으로는 첫 번째가 맛있는 요리를 해서 먹는 일이라고 한다. 먹을거리로 사람과의 만남을 지양하고 일상의 무료함을 달래줄 수 있다.

두 번째로는 집에서 즐기는 홈쇼핑 투어라고 한다. 채널만 돌리면 먹을 것, 입을 것, 탈 것, 놀 것 등 어느 것 하나 아쉽지 않게 소비할 수 있는 구조가 되어 있어서 굳이 백화점을 가지 않아도 된다. 그다음으로는 정신건강을 위해 심신을 수련하는 일, 명상, 요가, 스트레칭, 홈트레이닝 등의 심리적 방역을 하는 일이라고 한다.

여러 가지 코로나19 바이러스 상황을 대비하는 일들이 소비를 지향시키는 것들뿐이다. 결국에는 코로나19 바이러스 상황의 불황 속에도 일부에서의 소비는 살아나고 있는 것이다. 이런 시장의 흐름, 소비의 트렌드를 읽을 수 있는 해안이 있었더라면 누구나 부자가 되었을 것 같다.

샛별 반 보육실에서 울음소리가 들린다. 달려가 보니 마스크를 쓰기 싫다고 소리 지르며 마스크를 벗어 던지고 눈물, 콧물을 짜고 있다. 선생님과 긴 실랑이를 벌이지만 결국 선생님이 KO패.

그동안 어리다는 이유로 마스크를 쓰지 않아도 봐줬는데 다른 부모님들이 24개월이 지났으니 보육실에서 마스크를 씌워달라고 부탁을 하였던 것이다.

'아가들이 마스크를 쓰는 일이 얼마나 답답할까?'

힘들지만 빨리 평화로운 일상을 되찾을 수 있도록 각별히 개인위생과 방역수칙을 잘 지키는 수밖에 없는 것 같다. 이 암울한 시기가 빨리 지나고 평온한 일상을 찾고 싶다.

코로나 이별

초등학교 입학을 앞둔 서윤이는 코로나에 확진되어 유치원 졸업식
도 못해보고 끝나버린 아쉬운 유치원생활에서 친구가 보낸 한 통의
편지에서 서윤이는 크게 위로를 받는다.

서윤이에게

서윤아, 잘 지냈어?
도윤이가 아파서 힘들지. 너는 괜찮아?
서윤아 보고 싶어.
너랑 같이 놀고 싶어
서윤아 힘내. 사랑해.

- 예린이가 -

서윤이는 친구들도 못 만나고 동생과 함께 자가 격리 중에 있어 무척 답답했었다. 옆 동에 사는 서윤이 친구, 예린이는 예쁜 편지와 함께 예린 엄마가 싸준 김밥을 포장해서 현관에 걸어두고 갔다. 서윤이랑 놀고 싶었던 예린이는 아쉽지만 편지로 대신 놀고 싶은 마음을 전해주었다.

격리 중인 서윤이를 위로하기 위해 편지를 써준 기특한 예린이의 마음에 100점을 주고 박수를 보낸다.

어린이집이나 유치원생활에서 놀이를 하면서 아이들은 배려와 존중을 배우고, 놀이 속에서 심신의 건강과 조화로운 발달을 이루며, 바른 인성을 가질 수 있다. 이것을 바탕으로 영·유아는 민주시민의 기초를 다질 수 있고, 초등학교까지 연계하고 바르게 성장할 수 있다.

아! 자유롭게 아이들이 놀이할 수 있는 날이 빨리 왔으면 좋겠다.

코로나는 이렇게 새로운 아이들의 풍속도를 그려낸다. 코로나 위기, 별것 아닌 것처럼 느껴지게 만드는 여덟 살짜리 예린이의 행동에서 또 한 수 배운다. 2022년 3월, 초등학교에 입학해서 서윤이와 예린이가 정답게 손잡고 학교 가는 길을 상상해 보았다.

드디어 서윤이는 격리가 해제되어 오늘 아침에 초등학교 입학식에 갔다. 서윤이는 입학식 날 봄날의 따스함을 가득 담은 핑크색으로 단단히 무장을 하고서 예린이 손을 잡고 등교하는 모습을 사진으로 보내왔다.

서윤아! 초등학교 입학을 축하한다.

일시적 이용제한

2월의 어린이집은 졸업식과 수료식 등으로 보육실마다 매우 분주한 시간을 보낸다. 그러나 올해는 코로나19 상황에서 예방접종을 하지 않은 영·유아들의 확진이 급진적으로 퍼지고 있고, 어린이집을 운영하는 원장님, 교사, 학부모, 구 관계자 등 수시로 변경되는 매뉴얼로 혼선이 빚어지면서 그사이에 다툼도 생기고 여간 어려운 상황이 아니다.

어린이집을 꼭 이용해야 하는 직장을 다니는 부모님들은 이러한 사태에 많은 어려움을 겪게 되어 불만이 많을 수밖에 없다. 누구의 잘못이라고 할 수도 없는데 모두가 민감하게 반응하게 되는 것 같다. 코로나 확진자 발생 시 48시간 어린이집 일시적 이용제한으로 불편을 겪게 되는 부모님들 사이에서 불평불만이 생기고, 일시적 이용제한이라는 것 때문에 어린이집에 항의를 하거나 구에 민원을 제기하기도 한다.

확진자가 발생하면 48시간 일시적 이용제한을 한 후 일시적 이용
제한 기간 종료 후 진단 검사를 받아 음성일 경우는 등원이 가능하
다. 막연한 '진단 검사'라는 단어에도 혼선이 생긴다. 이 문구에도 정
확하게 주석을 달아줘야 이해가 가능하다.

"진단 검사라 함은 해당 반의 원아 및 담임교사는 선별 진료소 등
의 신속항원 검사 후(확인증 받기) 확인 완료되어야 한다."라고 명시하
여야 한다. 격리기준 및 기간에 대해 공문이 수시로 변경되고, 안내
를 제대로 해도 각각 다른 이해를 하게 되면 오해의 소지가 있어 분
쟁이 일어난다. 청와대 게시판에 민원으로 올리는 사람들도 있다고
한다.

어떤 원로 원장님께서는 이런 말을 한다. "살다가 이렇게 어린이
집 원장생활이 힘든 시기는 처음입니다." 매일 코로나 민원 전화로
기운 빠지고 어지럽다고 한다.

아침에 출근하여 단체문자로 학부모님께 등원해도 된다는 공지를
보내고 돌아서니 ○○반 선생님이 원장실에 들어와서 한 학부모와
통화한 이야기를 전한다.

지난 주말 선별 진료소 앞에서 벌어진 상황이었다. 코로나 신속항
원 검사를 하기 위해 선별 진료소의 긴 대기 줄에 서서 기다리는데
같은 반 친구 ○○ 엄마를 만났다고 한다. 우리 아이는 월요일부터

어린이집에 안 보낼 거라면서 대기하는 줄이 너무 길다면서 검사를 받지 않고 집으로 돌아가 버렸다는 것이다.

선별 진료소에서 이런 상황을 지켜본 같은 반 학부모는 어떻게 자기 아이만 생각하는 부모가 있을 수 있느냐면서 하소연을 했다고 한다. '나만 아니면 되는 세상……'

또 조금 있으니 햇님 반 교사가 원장실 문을 노크하며 들어온다. 우리 반에 지금 구토를 하고, 미열이 있는 친구가 있어서 엄마한테 전화를 하니 지금 데려갈 수 없다고 어린이집에서 그냥 데리고 있어 달라고 했다고 한다.

지금 보육실마다 확진자가 발생하고 있어서 걱정되니 가능하면 아이를 선별 진료소에 데리고 가서 코로나 검사를 받으면 좋겠다고 말씀을 드리니 아이의 엄마는 본인이 더 잘 안다면서 코로나가 아니라고 했다고 한다. 담임교사는 더 이상 설득하지 못하고 알았다고 했다고 한다. 그러면서 "원장 선생님! 이럴 때는 어떻게 하나요?"라고 묻는다.

'에효! 원장 선생님은 신이 아니랍니다.' 나는 속으로만 외치고 있었다.

요즘의 어린이집의 일상은 하루에도 12번씩 롤러코스터를 탄다. 48시간 일시적 이용제한이었다가 해제 후 등원했다가 또다시 일시적 제한으로 혼란스럽기 그지없다. 보건 당국에서 내려오는 지침대로 안내를 하는 역할밖에 못 하는 실정이지만 그 과정 중에서 다양한 일상이 벌어지는 것을 보면서 코로나가 언제쯤 잠식될지 그날이

기다려진다.

현명한 판단을 하기 어려운 시기지만 난제 앞에 조금만 서로 양보하고 배려해 주기를 바란다.

송편을 예쁘게 빚어야
시집 잘 간다더라

코로나 시국이지만 오늘은 한가위 특집으로 어린이집에서 '추석 민속놀이'를 하는 날이다. 커다란 가방에 한복을 챙겨 들고 아이들이 등원을 한다. "오늘은 얼마나 재미난 것들을 할까?" 하는 표정이다.

추석을 맞이하여 보육실은 각종 테마 방으로 꾸며져 책걸상이 모두 벽 쪽으로 자리이동이 되어있다. 투호놀이 방, 윷놀이 방, 민속 악기 만들기 방, 송편 빚기 방, 짚신 던지기 방 등등 아이들이 좋아할 만한 것들로 교사들은 아이들이 등원하기 전에 서둘러서 꾸며놓았다.

한복으로 곱게 갈아입고 두건을 쓰고, 앞치마를 두르고, 다소곳이 앉아서 기다리는 아이들의 모습이 대견하다. 부모님과 함께 참여 수업으로 진행되는 만 2세 반은 워낙 작은 고사리손이라서 송편을 빚는다기보다는 뭉갠다는 표현이 맞는 것 같다. 손가락 사이사이에 묻은 마음대로 되지 않는 익반죽에 신경 쓰면서 만들기가 무섭게 입 안으로 슬라이딩시켜 버린다.

방앗간에 부탁하여 올해 제일 먼저 수확한 햅쌀로 만들어 온 익반 죽이다. 아이들과 함께 빚은 제멋대로의 송편을 예쁜 송편 보자기에 싸서 부모님과 함께 맛 좀 보시라고 가정으로 보내기로 하였다.

추석 하면 떠오르는 대표적인 우리나라 음식은 '송편'이다. 어른들 은 송편을 잘 빚게 하려고 한 말이겠지만 "송편을 예쁘게 빚어야 시 집을 잘 간다."라고 하였다.

집집마다 가족들이 옹기종기 모여 앉아 예쁜 모양의 송편을 빚으 며 설탕, 밤, 참깨, 콩 등을 넣어 맛있게 쪄내었다. 이때 찜통에 싱싱 한 솔잎을 깔아주어 솔 향기가 솔솔 나면 훨씬 건강하고, 고급스러 운 맛이 나도록 하였으니 송편은 맛으로만 먹는 음식이 아니라 시각 과 후각을 모두 사용하여 먹는 눈으로도 먹는 음식이었다.

조신하고 얌전하신 나이 90이 넘은 외할머니께서는 젊은 시절 추 석이 다가오면 밤을 지새우면서 손가락 한 마디만 하게 아주 작게 빚어서 차례상에 올리셨다. 할머니가 빚어놓은 송편은 작고 예뻐서 한입에 다 먹는 게 아까웠다.

송편은 지역마다 그 지역의 식습관을 적용하거나 특산품 등을 이용 하여 빚어내는 특색이 있고 색깔과 넣는 소에 따라 구분할 수 있다.

송편의 크기는 북쪽으로 갈수록 크고, 서울 쪽은 작고 앙증맞게 빚 느다. 강원도에서는 쌀보다는 도토리와 감자를 이용한 도토리 송편과 감자 송편을 빚는다. 충청도는 말린 호박, 전라도는 푸른 모시 잎으로 고운 색을 낸다.

"더도 말고 덜도 말고 한가위 같기만 하여라."

추석이 지날 무렵 여성들은 다이어트로 고민한다. 추석 음식은 대부분 기름지고 칼로리가 높아서 자칫 과식하면 몸무게가 순간이동을 할 수 있기 때문에 추석이 돌아올 때쯤 여성들은 음식을 조절하여 먹는 게 좋다.

송편도 열량이 꽤나 높은 편으로 5개 정도만 먹어도 약 300kcal 정도라고 하니 적당량만 먹어야 아랫배와 윗배가 고무줄처럼 늘어나지 않는다.

조상들의 지혜가 담긴 풍요로운 계절, 추석! 풍성한 추석 음식을 앞에 놓고 전 가족이 모여서 담소를 나누며 가을의 정취를 느끼는 날이 언제쯤 다시 올 수 있을까?

코로나 상황이 아직은 심각하므로 올가을에는 아쉬운 대로 온라인상으로라도 안부 전하면서 돈독한 가족애를 유지하기로 하자.

고사리손으로 일군 '하지 감자'

어린이집 입구의 양쪽 길을 따라 놓여 있는 상자 텃밭의 풀을 뽑아주면서 어린이집에서의 하루 일과가 시작된다. 24절기 중 그 절기에서 열 번째에 해당되는 오늘은 하짓(夏至)날이다.

음력 5월의 가운데 날 정도로 양력으로 대개는 6월 22일 정도인데 올해는 하루 일찍 찾아왔다. 1년 중에서 하짓날은 태양이 가장 북쪽에 위치한 지점으로 하지점(夏至點)이다.

낮의 길이가 가장 길고 태양의 높이가 가장 높은 날, 그래서 태양으로부터 가장 많은 열을 받아서 하지 이후로는 기온이 상승하여 더워지기 시작한다. 이즈음에 캐는 감자를 '하지감자'라고 한다.

오늘은 상자 텃밭에서 자라고 있는 감자 알맹이가 봉긋이 흙더미 속에서 올라오고 있는 것이 보인다. 하짓날이니 개나리 반 아이들과 감자를 수확해야겠다고 마음먹어 본다.

오전시간이 끝나갈 무렵 바깥놀이 나간 일곱 살 반 아이들이 감자를 수확하여 소쿠리에 가득 담아서 들고 들어온다.

감자는 저마다 크기도 다르고 겉면의 색이 다르지만 분명 예쁜 감자다. 아이들이 수확해 온 감자를 조리사님께 가져다주고 이것으로 무엇을 해야 할지 물었더니 "그러게요……. 감자채 볶음을 할까요? 양이 좀 부족하기는 한데, 생각해 볼게요."라고 한다.

점심시간에 보육실을 한 바퀴 둘러보았다. 아이들은 코로나19 바이러스 때문에 아크릴로 된 가림막을 치고 점심을 먹고 있다.

오후 간식시간에 조리사님은 넓은 접시에 보름달만 한 감자전을 부쳐서 가져온다.

젓가락으로 전분이 가득한 감자전을 조심스럽게 집어 입 안에 넣고 오물거려 보니 감자 향이 코끝에 요동치며 침샘을 자극한다. 강원도 감자는 아니지만 진짜 감자 맛이다. 작은 상자 텃밭에서 이렇게 맛있는 감자가 나올 줄이야.

지인들에게 사진을 찍어서 자랑을 해본다.

"상자 텃밭에서 이렇게 예쁜 감자가 나와서 수확한 감자로 감자전을 부쳤어요."라고. 그랬더니 바로 지인들의 댓글에 "감자전에는 막걸리지?"라고 한다. 아하, 감자전은 막걸리를 부르는 맛이구나!

오늘도 어린이집에서는 코로나19 바이러스를 물리쳐 줄 자연산 백신 '행복 바이러스'가 보육실 곳곳을 날아다닌다.

우리는 항상 젊음을 위해 미래를 개발할 수는 없지만,

미래를 위해 우리의 젊음을 개발할 수는 있다.

– 프랭클린 D. 루스벨트 –

세상의 친절한 사람들

이틀 동안 프랑스 북부 여러 곳을 여행하면서 한국으로 돌아가기 마지막 하루를 남기고 PCR 검사를 해야 하는 것을 기억해 냈다. 파리 시내로 가서 PCR 검사를 하기엔 시간이 빠듯해 미리 받아두기로 하고 시골 마을 여기저기를 찾아다니면서 병원과 약국을 알아보았다.

프랑스 북부의 어느 작은 마을에 위치한 약국을 방문하니 이곳에서는 PCR 검사를 할 수 없다고 하면서 인근 지역에 PCR 검사를 해주는 규모가 있는 약국이 있으니 그곳을 가보라고 한다.

소개받아 찾아간 약국에서는 PCR 검사를 해줄 수 있다고 하였다. PCR 검사 후에 48시간 이내로 우리가 한국으로 돌아가기 전에 받아야 하는데 그때까지 결과를 받을 수 있겠느냐는 질문에는 그것은 확답해 주기 어려운 문제라고 한다.

결과 나오는 시간이 정확하지 않다면 우리는 여기서 할 수 없으니 우리가 48시간 이내에 받아 볼 수 있는 다른 대안을 찾아봐 달라고 부탁하였다.

언어가 통하지 않아서 번역기를 사용하였다. 한국말을 해주면 프랑스어로 번역이 나오지만 정확한 번역문이 아니라서 웃기기도 하였고 답답하기도 했다.

약국에서 만난 약사 바라유안은 지인들과 통화하며 알아보더니 샤를드골 공항에 가면 요금은 비싸지만 할 수 있다고 안내를 해준다. 남의 일이지만 자기 일처럼 걱정하면서 외국인 관광객을 위해 알아봐 주려고 애쓰는 모습에 감동받았다.

언짢은 표정 없이 친절하고 유쾌한 모습으로 30분이 넘게 말이 통하지 않는 외국인을 대하는 태도에 정말 깊은 감동을 받았다. 그녀에게도 인증샷을 찍고 싶다고 했더니 흔쾌히 포즈를 취해주신다.

기왕 약국에 왔으니 물파스나 1개 사야겠다고 하면서 옹플뢰르 항구 거리의 계단 끝에서 발을 헛디뎌 접질렸던 발을 양말을 벗고 보여주었다. 발등에 바를 좋은 약이 있으면 추천해 달라고 하였다.

멍든 데 바르면 좋은 약이라면서 자주자주 아픈 곳에 도포해 주라고 한다. 비싸지도 않은 튜브 형태의 물파스를 젤로 만든 것처럼 생긴 약인데 제법 효과가 있었다. 친절한 그녀 덕분에 여행하면서 덜 고생했던 것 같다.

서둘러서 PCR 검사를 받기 위해 공항으로 향했다. 공항에 도착하여 간신히 PCR 검사를 하고 나니 안심이 되었다. 호텔로 돌아가서 3~4시간 기다리면 문자로 음성인지 양성인지 알리는 이메일이 도착할 것이라고 안내를 받고 우리는 호텔로 돌아왔다.

돌아오는 길에 택시 안에서 이번 프랑스 여행을 기획했던 친구는 오늘 밤에 갈 곳이 한 군데 더 있다고 하면서 에펠탑 야경투어를 가자고 제안한다.

'아! 이 친구는 힘이 남아도는구나……^^*.'

하지만 우리는 지칠 대로 지쳐서 에펠탑 야경은 몇 년 전에 왔을 때 봤으니까 구경은 그만하고 호텔로 가는 게 좋겠다고 했다.

'야경이 그냥 야경이지…….' 그래서 에펠탑 야경투어를 제안한 친구는 기분이 상했다.

호텔 도착 후 이메일로 첨부 파일이 도착하기를 얼마나 가슴 졸이며 기다렸는지 모른다. 만약에 양성이 나오면 이곳 파리에서 7일 동안 격리를 해야 하기 때문이다.

친구들은 메일로 검사 결과가 도착했는데 내 검사 결과는 메일로 오지 않았다. '친구와 내가 사용하는 이메일이 달라서일까?' 별별 걱정으로 밤새도록 잠이 오지 않았다.

다음 날 아침, 호텔 조식을 먹는데 에펠탑 야경투어를 제안한 친구가 밥을 먹지 않고 뾰로통해 있었다.

"왜 밥 안 먹어?"

어제 야경투어를 안 가서 화가 났다고 한다. 우리는 PCR 검사 결과를 확인해야 안심이 돼서 그랬으니 화 풀고 파리에서의 마지막 조식을 우아하게 먹자고 달랬다.

우리는 PCR 검사 결과지를 공항에서 받기 위해 우리는 서둘러 호텔에서 체크아웃을 하고서 공항으로 출발하였다. 공항 도착 후 제2터미널에 위치한 공항의 PCR 검사소까지 무거운 캐리어를 끌고, PCR 검사 결과지를 직접 받기 위해 엘리베이터를 타고 내리고를 반복하며 전력 질주를 하였다.

도착 후 떨리는 마음으로 PCR 검사 결과지를 받아 들고 '네거티브'라는 단어에 가슴을 쓸어내렸다. 휴~. 다행이다. PCR 검사 결과지를 받아 들고 루프탄자 데스크에서 발권을 하려니 돌아가는 티켓 중에서 티켓 하나가 다음 날 출발로 예약되어 있었다.

'머피의 법칙인가?' 잘못된 예약으로 한 친구는 기존에 구입한 항공권을 포기한 채 100유로의 비용을 더 지불하고 1시간 뒤에 출발하는 에어프랑스를 타게 되었다. 한 친구를 공항에 놔두고 좌충우돌 짧은 여정의 프랑스에서의 아쉬운 마지막을 보내며 우리 둘은 독일로 출발하고, 독일에서 경유해서 서울로 가는 비행기를 탔다.

귀국 후 공항에서 바로 보건소로 향했다. 해외 입국자들이 생각보다 많았다. 짧은 여정의 파리 여행에서 만난 친절한 사람들로 아직은 세상은 살만하다고 생각하게 된 프랑스 여행이었다.
'내가 좋은 사람으로 살면 다른 누군가도 나의 좋은 사람이 된다.'는 것을 명심하자.

인생은 자전거를 타는 것과 같다.
균형을 잡으려면 움직여야 한다.

- 알버트 아인슈타인 -

5장

어린이집과
함께
스토리텔링하기

엄마의 확독

고향 집 부엌문 뒤편에 자리 잡고 있는 화강암 확독에는 맨질맨질한 타원형의 이른 주먹만 한 동글동글한 돌멩이가 담겨 있고, 그 옆에는 가죽만 씌우면 마치 드럼통 같은 모양의 화강암 절구와 나무로 만든 절구 봉이 놓여 있다. 용기의 모양은 다르지만 둘 다 '확독'이라는 명칭을 사용한다. 어렸을 때는 '확독'이 아니라 '학독'인 줄 알았다. 어른들 대부분은 '학독'이라고 발음을 하였다. 표준어는 '확독'이다.

확독이 어떤 용도로 쓰이는 물건인지 서울 사람들은 잘 모를 것이다. 확독은 솥뚜껑 크기의 화강암 재질로서 내부를 우묵하게 파내어 오돌토돌하게 홈을 내주어 무엇이든 갈 수 있도록 되어 있다. 그 기능면에서 보면 곡식이나 양념 등을 갈 수 있는 오늘날의 분쇄기나 믹서기의 기능과 비슷하다.

믹서기가 없던 시절에 사용한 확독은 확독 안의 오돌토돌하게 패인 홈이 타원형의 돌멩이가 내용물을 눌러서 돌려주면 믹서기의 칼날처럼 잘게 부수거나 으깨는 작용을 하는 것이다. 확독 안에서 곡식은 껍질이 벗겨지면서 부드러운 속살을 내어주어 갈 수 있고, 마늘, 생강, 고추, 깨 등을 갈아서 다양하게 활용할 수 있었다.

확독은 주로 남부지방에서 쓰였다고 한다. 우리 엄마에게 이 확독은 없어서는 안 되는 소중한 주방 요리도구였을 것이다. 엄마는 확독에서 아주 맛있는 전라도 젓갈 김치를 만들어 내셨다.

배추를 다듬어 소금에 절여놓고, 배추가 절여지는 동안에 고추를 다듬어 마늘과 생강, 젓갈, 찬밥을 넣어 확독에 갈아 양념을 만들었다. 절여진 배추에 갈아진 양념들을 혼합해서 척척 버무려 낸 김치 위에 통깨를 살살 뿌려주면 끝!

맛을 감별하기 위해 확독 옆에 쭈그려 앉아 기다리는 나에게 김치 겉절이 쭉 찢어서 입 크기에 맞춰 돌돌돌 말아서 맛보라며 한입 넣어주던 감칠맛이 우러난 그 김치 맛을 지금도 잊지 못한다.

깨를 볶는 날에는 온 집안에 참깨 향이 코를 찌른다. 볶은 참깨를 확독에 갈아내고, 간 참깨를 걷어낸 자리에 갓 지은 밥을 한 바퀴 돌려주면 참깨 주먹밥이 된다. 그 맛은 세상 어디에도 없는 꿀맛이었다.

확독 안에서 무엇이든 쉽게 으깨어져 가루가 되기에 엄마에게 확독은 음식을 만들 때 만능으로 사용할 수 있는 주방도구였다. 콩을 불려서 갈면 두부가 되어 있고, 옆에 있는 절구에 잘 쪄진 찰밥을 절구로 통통 찧어서 확독에서 갈아낸 콩가루를 묻히면 인절미도 되었다.

요즘은 집안에서 확독을 찾아보기는 어렵다. 옹기로 확독을 만들어서 판매하지만 요리 부심이 있는 주부 말고는 확독을 찾을 리가 없다.

무거워서 만들어 내도 팔리지도 않을 것이다. 믹서기 같은 편리한 도구가 있는데 굳이 손의 힘을 써야 하는 확독을 사용할 필요는 없을 것이다. 인간은 도구를 쓸 줄 아는 동물이므로 오늘날에는 영양소의 파괴는 있겠지만 믹서기로 순식간에 갈아내어 뭐든지 곱게 갈아주는 믹서기를 사용한다.

우리 엄마 김치에는 확독을 사용하여 김치를 만들기 때문에 입에 착 달라붙는 맛이 있었다. 요즘 같은 여름날 고구마순 줄기를 집 앞 텃밭에서 따다가 마루에 수북하게 쌓아놓고, 모기와 실랑이하면서 여름밤 내내 고구마순 줄기를 벗겨냈다. 한참을 벗겨내다 보면 손가락에 풀색 물이 들었다.

벗겨놓은 고구마순 줄기를 잠깐 소금에 절였다가 확독에 파, 마늘, 양파, 고추를 갈아서 고구마순 김치를 담가주셨다. 고구마순 줄기에는 각종 비타민과 수분 함량이 많아 피부를 윤기 있게 해주고 노화 방지 효과가 있으며 기미, 잡티 제거에 좋다.

서울 사람들은 고구마순 줄기를 먹을 줄 아는 사람들이 별로 없었다. 그래서 35년 동안 한 번도 먹어보지 못했다.

옛것은 좋은 것~.

엄마를 기억할 수 있는 물건이 있다는 것은 참으로 소중한 추억이다. 지금도 고향 집 부엌 뒤편에는 아직도 엄마가 사용했던 확독이 있을 것이다. 마당이 있는 주택에 산다면 고향 집에 있는 확독을 운반하여 자리를 잡아주고 김치를 담가보고 싶은 마음만 굴뚝이다.

누군가는 비웃는다. 자네가 무슨 김치를 그렇게 맛있게 담그겠느냐고. 어느 부잣집 정원에 가보니 확독 안에 꽃이 예쁜 부레옥잠을 한가득 심어놓고 정원을 빛내주고 있더라.

> 엄마는 인류가 입술로 표현할 수 있는 가장 아름다운 단어다.
>
> – 카릴 지브란 –

원장 선생님의 아이들

큰아들이 네 살, 작은아들이 두 살이 되었을 때 나는 어린이집 원장 선생님이 되었다.

아직 엄마의 손길이 많이 필요한 시기였음에도 현실은 집 안에서 육아에만 전념할 수 있는 환경이 아니었다. 두 아이를 제대로 돌보며 잘 키우기 위해 시작된 새로운 직업의 일은 결코 녹록하지 않았다.

어린이집 운영을 잘하기 위해서는(남의 아이들을 잘 키워줘야 하는 것) 원장 선생님의 아이들이 희생해야 하는 부분들이 많았다.

어린이집 안에 엄마는 없었으며, 두 아들의 엄마는 '원장 선생님'이라고 불러야만 했다. 여느 학부모처럼 현장학습이나 바깥놀이에서 같은 반 친구가 할퀴고, 때려도 교사에게 "때린 아이 부모의 핸드폰 번호 주세요."라고 말하지 못했다.

교실에서 장난치다가 친구에게 뺨을 연필심으로 찔렸어도 내색도 못 하였다. 병원 치료를 받았지만 지금도 갖고 있는 둘째 아이 얼굴의 흉터는 내 가슴의 응어리로 남아 있다.

학습발표회가 시작되면 동극 활동에서 단 한 번도 주인공을 시켜주지 못했고, 지나가는 행인 1, 2, 3 정도가 아들의 고정 배역이었다.

율동을 하는 코너에서는 사진에 잘 찍히지도 않는 맨 끝의 뒷자리를 차지할 수밖에 없었다. 그러나 교직원의 자녀는 주인공을 할 수 있었고, 율동 코너에서는 무대의 중앙을 차지하며 종횡무진하는 역할을 맡을 수 있었다.

오후에는 어린이집에 남아 있지 못하고, 방과 후 교실이나 학원으로 갈 수밖에 없는 원장 선생님의 아들이었다.

도로를 걷다가 가까운 차도를 가로질러가고 싶은 마음이 굴뚝같지만 반드시 저 멀리에 있는 횡단보도를 찾아 건너야만 했다.

그런 아들들은 엄마를 빤히 쳐다보면서 하는 말이 "어린이집 원장 선생님이라서 그런 거지?"라고 하였다.

결국 두 아들은 엄마가 운영하는 어린이집에 오래 다니지 못하고 다른 기관을 찾아 엄마가 없는 타 기관에 입학하여 다니게 되었다.

초등학교 때부터는 예약된 치과와 소아과를 혼자서 진료를 받으러 다니고, 학교에서 부모 참여 수업 등을 한다고 하면 엄마는 참여 못 하신다고 먼저 신청서에 불참으로 체크하여 담임선생님께 제출하던 아이들이었다.

마치 끝나지 않을 것 같았던 전쟁 같은 시간도 시냇물 흐르듯이 시간은 흘러 아이들은 잘 자라줬고, 나름대로의 사회생활을 할 수 있을 만큼 성장하였다.

늦은 결혼으로 출산도 늦어서 나이 많은 엄마와 투쟁하듯이 성장과 성숙으로 무장된 아들들이었다. 요즘은 두 녀석들 손만 잡아도 먹먹해지는 참으로 고마운 사람들이다.

이렇게 또 한 해를 보내면서 '삶은 버티는 것인가? 또는 견디는 것인가.'를 생각하게 한다.

자유롭게 흘러간 시간은 어느 종착역에서는 반드시 마침표를 찍을 것이다. 나의 인생 공부의 스승은 사랑하는 두 아들이었다.

> 부모가 아이에게 줄 수 있는 가장 큰 선물은
> 부모 자신이 안정적인 삶을 사는 것이다.
>
> – 서천석 –

장마와 함께 온 손님

오늘은 천둥과 번개를 동반하며 억수로 비가 내린다. 등원하는 아이들은 어린이집 앞마당에서 마냥 신이 나서 장화를 신고, 우비 입고 등원하며 바닥에 고인 물에 일부러 발을 담갔다가 첨벙거리면서 개구지게 놀면서 엄마의 애간장을 태운다. 비가 오는 날이나 장화를 신을 수 있으니 장난치는 것도 봐줘야 하는 게 아닌가 싶었다. 장난기 가득한 얼굴에는 '오늘 너무 재미있다'라고 쓰여 있다.

군 복무를 하고 있는 아들이 3박 4일 동안 긴 장마를 길동무 삼아 휴가를 나왔다가 귀대하였다. 귀대한 다음 날 전화를 걸어서 "엄마, 곰팡이는 어떻게 제거해요?"라고 묻는다.

에어컨을 제습 상태로 틀어놓고 휴가를 나왔는데 숙소에 가보니 온통 집안 곳곳에 곰팡이가 펴서 냄새가 나고 숨쉬기도 힘들다고 한다.

이불에도 곰팡이가 펴서 세탁기에 락스와 세제를 넣고 돌리고 건조기에 넣었더니 이불에 폈던 곰팡이는 제거되었는데 온통 벽면, 벽 모서리, 침대 바디 등에 곰팡이 꽃으로 범벅이라고 한다.

곰팡이는 축축하고 어두운 환경을 좋아하고 빛, 습도, 온도에 가장 많은 영향을 받는다. 장마철처럼 습도가 90% 이상이 되면 곰팡이 포자가 떠다니다가 가장 좋아하는 환경이 되어 있는 습한 곳을 찾아 안착한다. 그중 화장실, 싱크대, 벽 모서리, 벽면, 신발장 등은 곰팡이가 좋아하는 최적의 장소라고 할 수 있다.

대부분의 곰팡이는 산소를 필요로 하지만 산소 없이도 잘 사는 곰팡이들도 있다. 메주의 곰팡이처럼 발효식품을 만드는 데 필요한 유익한 균도 있지만 대부분은 유해한 독성물질이다. 유해한 곰팡이 균은 감염속도가 빨라서 빠르게 전염되어 건강을 해칠 수도 있다.

곰팡이 균이 몸속의 호흡기에 들어오게 되면 알레르기나 천식, 각종 피부질환을 일으키거나 생식기, 소화기관 등에 침범하여 염증을 발생시킨다. 또한 각종 합병증을 일으키는데 곰팡이 균이 온몸에 퍼지면 심장과 뇌 등의 우리 신체의 가장 중요한 기관으로 퍼지게 되면 심내막염, 뇌수막염, 신장염 등이 발생할 수 있다.

우리나라에는 발효식품으로 누룩곰팡이를 이용한 식품가공업이 발달하였다. 간장, 된장, 술 등을 빚는 데 누룩곰팡이를 이용하여 맛있는 음식의 부재료로 활용하고 있다. 된장의 구수함이 우리나라 전통 음식을 대표할 수 있는 것도 유익한 곰팡이 균 때문일 것이다.

또한 의학계에서는 최초의 항생제인 페니실린은 푸른곰팡이에서 얻은 의약품 재료로 인간의 수명을 연장하는 데 지대한 공헌을 하였다. 하지만 얻는 것도 있지만 잃는 것이 더 많은 것이 곰팡이 균이 아닐까 생각한다.

전 국민의 고민거리로 급부상되고 있는 탈모는 곰팡이 균이 원인이라고 한다. 그래서 머리를 감고 나면 빠른 시간에 머리카락 속까지 잘 말려주어야 한다. 곰팡이 균이 탈모의 원인이라는 말에 긴 머리카락을 지닌 나는 머리를 말리는 데 하루 일과 중에 30분을 사용한다.

나는 아들에게 전화를 걸어서 벽에 핀 곰팡이를 제거하려면 물과 락스를 희석하여 스프레이로 뿌리고, 자주 환기시키고 출근할 때는 보일러를 틀어놓고 집안의 구석구석을 말려보라고 하였다. 잔소리같이 들리겠지만 "화장실에는 락스를 뿌려주고, 화장실 문은 활짝 열어놓고 습기를 제거하는 것이 상책이다."라고 해주었다.

엄부자모(嚴父子母)의 엄마의 마음은 이미 건강을 염려하며 단열벽지를 들고 서성이는 아들의 숙소 앞이었다.

장마가 걷혔으니 아들 숙소의 벽에 서식하는 곰팡이는 제거될 것이고, 또한 아들은 곰팡이와 씨름하며 고지를 정복하였다면, 사계절을 대하는 태도가 달라지는 새로운 인생을 살게 될 것이다.

생전 겪어보지 못한 고난은 창의적인 노동력을 동반하였지만 인생을 바라보는 자세는 유익해졌을 것이다.

> 백 년을 살 것 같이 일하고 내일 죽을 것 같이 기도하라.
>
> – 벤자민 프랭클린 –

나도 〈유 퀴즈 온 더 블록〉에
출연하고 싶다

TV 프로그램 〈유 퀴즈 온 더 블록(you quiz on the block)〉을 시청하면서 매번 드는 생각은 '나도 유재석 씨와 조세호 군과 나란히 미니 의자에 앉아서 이야기를 하고 싶다'라는 것이다.

누가 뭐라고 하지 않았는데 '에이, 특별할 것도 없는 나의 일상으로 무슨 이야기를 그들과 나눠? 가당치 않다.'라고 하면서 스스로 자괴감에 머리를 떨어뜨린다.

나도 모르게 유재석 씨와 조세호 군으로 호칭을 부르게 되는 이유가 뭘까?.

씨와 군의 호칭의 차이는 무엇일까?

'씨'는 상급자가 하급자를 대하는 호칭이라고 하는데 그런 의미는 아니다. 유재석 씨는 별다른 호칭으로 부르기엔 너무 다양한 일들을 하고 있기 때문이고, 조세호의 '군'은 유재석 씨에 비하면 서브 역할이지만 매의 눈으로 게스트의 마음을 짧은 혀의 어눌함으로 열거하는 서브 같지 않은 메인의 능청스러움을 가진 조세호 군, 과거의 '양배추' 조셉이 너무 귀엽다. 그래서 유재석 씨보다는 조금은 젊은 조세호에게 군이라는 호칭으로 부르게 된다. 지금 나에게 호칭이 중요한 것이 아니라 내가 그 둘을 바라보는 시선이다.

'춘천 편'이었던 것 같다. 첫 회였을까? 유재석 씨와 조세호 군이 춘천에 사시는 할머니들께 일상의 작은 행복을 안겨주는 모습에 나의 입이 벌어지고, 눈이 반달이 되는 느낌을 받았다.

〈유 퀴즈 온 더 블록〉만이 지닌 프로그램의 감칠맛을 이 둘의 케미스트리가 아니라면 못 느꼈을 것 같다.

강렬하게 유재석 씨와 조세호 군과 함께 길거리 캐스팅으로 길거리 대화를 나누고 싶다.

'내 이야기가 무슨 방송 소재거리라고……' 교만하지 않은 척하다가

'어린이집 원장으로 23년을 살았는데 그중 이야깃거리가 없을까?'라며 버럭 소설을 쓴다.

이 둘이 시청자들을 사로잡는 이유는 다비드 조각상처럼 잘생기지 않았고, 말투 또한 석양빛이 드리워진 논바닥에 툭툭 던져져 있는 이삭처럼 친근하고, 유재석 씨의 뻐드렁니(?) 속의 오물거림이 매력적이고, 조세호 군의 작은 키에 애잔함이 짙어지고, 연륜에서 묻어

나는 넉살보다는 잔망스러움이 진솔해 보이는 그 둘의 사람 냄새 폴폴 나는 말장난에도 심도 있는 철학이 담겨 있다.

또한 게스트를 위한 방송을 대하는 진지하지 않은 깝죽거림의 진정한 매너를 만나볼 수 있기 때문이다. 게스트들이 편하게 일상의 소소함을 이끌어 낼 수 있도록 의자를 망가뜨리면서 포복절도하는 모습과 편하게 소리 내어 웃어주는 그 둘만의 인간에 대한 배려 방식일 것이다.

전형적인 I(아이) 유형의 말주변 없는 내가 그들 사이에 낀다면? 생각만으로도 즐거움이 온 그린을 향해 굿 샷을 날린다.

운 좋게 〈유 퀴즈 온 더 블록〉에서 이 둘을 만난다면 특별할 것 없는 보육인의 일상도 특별하게 만들어 줄 것 같은 그 둘의 인터뷰 진행 방식이 네모난 소리상자 속으로 빨려 들어가게 한다.

이 둘의 이미지 사진을 맘대로 쓰면 저작권이 어쩌고저쩌고 엄청 무시무시한 이야기가 쓰여 있어서 사진을 맘대로 캡처하지 못하고 어린이집 개나리 반 아이들이 쓰다 남긴 크레용으로 그들의 익살스러움을 3분 만에 그려보았다.

크로아티아 할아버지

파리에서 독일행 비행기를 타고서 이륙을 기다리는데 창가 쪽 옆자리에 내 키와 몸무게의 두 배 정도 되는 유럽인으로 보이는 할아버지가 비좁은 비행기 의자에 몸을 구겨 넣어 앉는다. 이륙하기까지 30분 정도가 걸리는 과정에 할아버지는 정체되어 있는 창밖의 풍경을 열심히 사진으로 남긴다. 왜 같은 사진을 저렇게 반복해서 찍고 있는지 궁금해졌다.

친구는 멍하니 출발만 기다리지 말고 심심하니 옆의 할아버지에게 말을 시켜보라고 한다. 옆자리에 앉은 유럽인처럼 생긴 할아버지께 어디서 왔느냐고 물으니 크로아티아에서 부인과 함께 파리 여행을 왔다고 한다. 부인은 다른 좌석을 배정받아 따로 앉게 되었다고 한다. 나 같으면 부인과 함께 앉고 싶다고 하면서 자리 좀 바꿔 달라고 했을 텐데라는 생각이 스친다.

난 한국인인데 한국을 아느냐고 물으니 전혀 모른다고 한다.

"한국의 싸커를 모르느냐?"

"싸커 플레이어? 토트넘! 손흥민도 모르느냐?"

나는 한국을 알릴만한 것을 총동원해서 손짓, 발짓을 하며 통하지 않는 언어들을 쏟아냈다. 크로아티아와 오렌지 색 지붕이 멋진 드브로닉은 가봤다면서 아는 척을 하였다.

유럽 할아버지는 영어가 짧아 미안하다고 한다. 나도 영어가 짧긴 피차 마찬가지니까 괜찮다고 했다. 서로의 언어가 다른 외국인을 위해 천천히 말해주는 유럽 할아버지가 예의 바르다는 느낌이 든다.

자녀가 몇이나 되느냐는 질문에 크로아티아 할아버지께서는 신이 나셨다. 아들 둘이 있는데 손주가 셋이 있다고 하면서 갑자기 핸드폰 폴더에 저장된 사진들을 보여준다. 핸드폰 폴더 속의 사진들이 300장은 넘게 저장되어 있어 보였다. 동서고금을 막론하고 자식 사랑하는 부모의 마음은 똑같은 것 같다.

핸드폰 폴더 가득 소장된 손녀 손자들 사진을 보여주는데 어마어마하게 많았다. 짧은 시간 안에 약 200장 정도를 모두 보여주시면서 자기 집, 정원, 가족들, 반려견까지 친절하게 설명까지 해주신다. 거기에 손주들이 수영장에서 재미있게 노는 모습이 담긴 동영상까지 보여주셨다.

본인은 정원 가꾸기가 취미시라면서 최근에 가로등처럼 정원에 전등을 설치해서 뿌듯하다고 한다. 그러면서 가로등이 설치된 정원의 야경사진도 보여주신다.

반려견의 사진 몇 장을 보여주는데 반려견이 안전요원처럼 야광 의상을 입고 있는 게 독특해서 이 옷은 뭐냐고 물으니 반려견이 자기 집의 안전요원이라서 입혔다고 한다.

'무뚝뚝한 한국 할아버지와 많이 다르구나……'라는 생각이 들었다.

나는 할아버지의 가족 소개를 듣다 참지 못하고 한국 속담을 얘기해 주었다. 한국에서는 손주들을 자랑하려면 돈 '만 원'을 테이블 위에 내놓고 자랑한다고 했더니 아랑곳하지 않는다. 못 알아들으신 것 같다.

이렇게 1시간 가까이 옆자리에 앉은 지구의 반 바퀴를 돌아야 만날 수 있는 크로아티아 할아버지와의 대화를 통해서 느껴지는 것은 사진은 동서고금을 통해 초면에 인간관계 형성을 하는 데 좋은 매개체임이 틀림없다는 것이다.

처음 보는 유럽인과 이렇게 많은 대화를 이어가는 나를 보면서 내가 사교적이라는 사실에 놀라면서 부러울 만큼 잘 살고 계시는 전형적인 화목한 가정의 유럽 할아버지를 만나서 즐거웠다.

잘 안 되는 언어를 바디랭귀지로 표현하다 보니 두통도 오고, 더 이상 입이 아파서 대화를 이어갈 수가 없어서 잠시 침묵하였다. 유럽 할아버지는 가족에게 보여주기 위해 착륙 중에도 항공사진을 찍느라 손가락이 바쁘게 움직인다.

'크로아티아에서 온 멋진 할아버지다!'

아버지처럼 살다 갈 수 있다면

명절을 맞이하여 돌아가신 아버지를 생각하며 가족묘지를 방문하였다. 가족묘의 묘비 문에 새겨놓은 글을 읽자니 아버지께서는 참 깔끔하게 인생을 잘 정리하고 가셨다는 생각이 들었다.

아버지께서는 돌아가시기 몇 년 전부터 앞으로 몇 년을 살지 모른다면서 인생을 돌아보며 주변 정리를 하였다. 여기저기 흩어져 있는 조상님들의 묘지를 한데 모아 가족묘를 만드시고 후손들이 좀 더 편리하게 산소를 찾아볼 수 있도록 하셨다.

얼마 되지 않지만 자식들에게 남겨줄 재산은 미리 분배하여 아들 둘의 이름으로 나눠놓으시고, 물론 조금은 남겨주셨지만 딸들에게는 인색하셨다. 분배하고 남은 얼마간의 돈은 당신의 병원비와 생활비 등으로 남겨두었다.

가족이 모인 어느 날, 아버지는 아들에게 편지봉투를 내미셨다. 열어보니 A4용지 2매의 묘비에 새길 당신의 일생에 대한 기록과 돈이 들어 있었다. 그 돈은 당신이 저세상으로 가고 나면, 1년 뒤에 묘지에 비를 세워 새겨달라는 묘비의 글과 묘비를 세울 때 드는 비용이었다. 돌아가셔도 자식들에게 부담 주지 않으려는 당신의 마음이었을 것이다.

자식들에게 당부하기를 유산으로 물려준 토지는 혹여 팔아야 할 일이 생기거든 지금까지 수년 동안 우리 집 땅을 경작하며 세경을 주고 있는 토지관리인에게 팔라는 것이었다. 그것 또한 당신을 대신하여 수년간 노고를 아끼지 않았음에 대한 토지관리인에 대한 의리라고 생각한다.

마지막으로 병원에 입원하기 전 당신이 장례를 치를 장례식장에 가서 당신 스스로 장례식장을 예약하셨다. 돌아가신 후 장례를 치르기 위해 장례식장에 가보니 장례식장 사장님은 미리 아버지께서 오셔서 예약을 하셨고, 덧붙이기를 당신 자녀들이 자기를 이곳으로 데려오거든 많이 부담 주지 말고 간소하게 장례를 치를 수 있게 해달라고 부탁하셨다고 한다. 자식들은 장례를 치르는 비용은 모두 아버지가 남겨놓은 돈으로 치를 수 있었다.

1년에 한 번만 날을 정해서 가족들이 가족묘에 와서 기억해 달라는 유언과 가족이 모일 때마다 쓸 수 있는 비용을 남겨주셨다.

그래서인가? 1년에 한 번은 전국구로 흩어져 있는 우리 가족들은 이날 만큼은 불평불만 없이 불참자도 없이 여행하듯이 시골에 있는 산소를 다녀온다.

아버지는 계시지 않아도 아버지께서 사주시는 식사까지 제공받고 돌아오는 발걸음이 가볍다.

향후 10년간은 가족들이 모이는 데 부담이 안 될 만큼의 자금을 비축해 주셨기에 잘 모일 수 있을 것이다. 얼마나 현명한 어르신이 었는지…….

막내딸이 어린이집 원장 선생님이니 뉴스에서 좋지 않은 어린이집 사건이 보도되면 걱정하시면서 안부를 물었던 나의 아버지.

돌아가신 후까지 멋진, 그렇게 멋지게 살다 간 나의 아버지,

나도 아버지처럼 인생을 잘 살다 가고 싶다.

> 천재는 꼭 훌륭한 부모 밑에서 나지 않는다.
> 좋은 부모란 아이에게 따뜻한 유년을 물려주는 사람이다.
>
> - 외르크 치틀라우 -

새끼손가락을 구부리면
왜 넷째 손가락까지 구부러질까?

나에게는 귀여운 조카딸이 있다.

'이모할머니'라고 부르기에는 이모할머니가 너무 젊다고 조카는 자기 아이에게 돌이 지나면서 말문이 트이자 나를 '이모님~.'이라고 부르게 하였다. 장난으로 시켜보았지만 결코 듣기 싫은 호칭이 아니어서 일곱 살이 된 지금까지도 난 이 아이에게는 '이모님'이다.

이 아이가 벌써 예비 초등학생이 되었다. 일곱 살 때 처음 엄마로부터 피아노 치는 방법을 조금 익히더니 지금은 글씨를 써가면서 피아노 치는 방법들을 표시하면서 치고 있다고 한다.

피아노 치는 모습을 영상으로 보내주는데 독학으로 배운 피아노 솜씨치곤 제법이다. 너무 피아노를 치고 싶어 해서 2주 전부터 본격적으로 피아노 학원에 다닌다고 한다. 스스로 피아노 치는 것을 재미있다고 하는 걸 보니 전공으로 시켜도 되지 않을까 생각되지만 부모의 욕심은 그 이상이 될 것 같다. 같은 나이의 여자아이들은 생각 이상으로 사고의 수준도, 소근육, 대근육의 쓰임도 남자아이와 현격하게 차이가 난다.

조카는 서윤이(조카딸 이름)가 직접 쓴 글씨라면서 사진을 찍어 보내왔다. 내용을 보니 "새끼손가락을 구부리면 왜 넷째 손가락까지 구부러질까?"라고 쓰여 있었다. 나는 이 아이가 피아노를 치다가 새끼손가락을 사용하는데 넷째 손가락이 구부러지는 것이 궁금해서 글로 써보고 손가락 그리기를 한 줄 알았다.

피아노를 치다가 알게 된 사실을 썼느냐고 물어보니 내 생각과 내용이 전혀 다른 이야기를 한다. 서윤이는 책을 읽다가 궁금한 것을 그대로 따라서 써보았다는 것이다. 나는 이 글의 내용이 너무 흥미로웠다.

새끼손가락을 구부리면 넷째 손가락이 구부러지는 것은 자연스러운 현상이라고만 생각했지 의문을 가져본 적이 없었던 것 같다. 참 호기심이 강한 아이라는 생각이 든다. 어떤 책을 보고 써봤는지 그 책을 찾아서 찍어서 보내달라고 했다.

책 제목이 《재미있어서 밤새 읽는 인체 이야기》라는 책이었다. 보내준 사진으로 잠깐 읽어보니 신기한 것들이 많이 들어있는 책이었다. '서윤이는 왜 이 대목에 꽂혔을까?'

내가 서윤이를 대면하고 있는 상황이 아니고 서윤이 엄마를 통해서 들으니 서윤이의 생각을 제대로 전달받을 수가 없었다.

책 내용을 인용해 보면 다음과 같다.

지금 새끼손가락을 구부려보자. 그러면 옆에 있는 넷째 손
가락까지 구부러질 것이다. 이는 뇌에서 지령을 전달하는
신경이 작용해서 일어나는 현상이다. 새끼손가락을 구부
리려고 하면 대뇌에서 척수로 "새끼손가락을 구부려!"라
는 지령이 떨어진다. 척수 안에는 '회백질'이라는 신경세
포가 모여 있어 이 지령은 회백질에서 나오는 신경을 거쳐
손가락을 움직이는 근육으로 전달된다. 하지만 새끼손가
락에 지령을 전달하는 신경과 넷째 손가락에 지령을 전달
하는 신경은 같은 운동신경이다. 그리고 새끼손가락과 넷
째 손가락의 끝을 움직이는 근육도 딱 붙어 있다. 그래서
새끼손가락만이 아니라 넷째 손가락까지 함께 구부러지는
것이다.

그래도 훈련하면 피아니스트처럼 새끼손가락과 넷째 손
가락을 따로따로 움직일 수 있다. 즉, 신경도 단련할 수 있다
는 뜻이다. 참고로 엄지손가락을 움직이는 근육은 다른 손
가락과는 달리 독립적이라 자유롭게 움직일 수 있다.

                 - 재밌어서 밤새 읽는 인체 이야기(더 숲) 중에서 -

이제야 나는 서윤이의 생각을 이해할 수 있었다.

"그래도 훈련하면 피아니스트처럼 새끼손가락과 넷째 손가락을

따로따로 움직일 수 있다." 이 대목이다. 피아노 치기를 좋아하고 피아노를 배우기 시작한 서윤이는 이 내용에 꽂혀서 글씨를 쓰고 그림을 그렸던 것이다.

'이 아이 천재 아닐까?'

어린이집 아이들에게 이 책을 사주기로 하였다. 읽을수록 재미있는 책이다. 어린이집 아이들에게는 다소 어렵게 느껴지겠지만 아이들에게 서윤이처럼 뭔가에 꽂혀줄 이야깃거리가 있다면 호기심을 충족시켜주는 원장 선생님이 되어 있을 것이다.

뇌 발달에 도움되는 보약

가을, 추수의 계절이 오면 어머니가 차려주시던 밥의 의미를 생각하게 하는 계절이다.

어렸을 때는 "밥이 보약이다."라는 말을 들으면서 자랐다. 직업상 나는 매일 아침 여러 형태의 가족들을 만나게 된다. 아이들이 등원할 때 밥을 먹고 온 친구는 아침부터 에너지가 넘치며 얼굴에 생기가 돈다. 자유롭게 활동하면서 모든 활동에 적극적이면서 얼굴엔 웃음이 멈추지 않는다.

밥을 잘 먹는다는 것은 먹는 음식이 성격에 영향을 미치기 때문에 중요한 일이다. 나는 음식은 지식보다 중요하다고 생각한다.

어린이집 원장으로서 급 간식시간마다 먹는 것에 항상 감사할 수 있도록 지도하게 된다.

어린이집에서 점심시간마다 내가 반드시 하는 일이 있다. 교실에 들어가서 아이들에게 밥은 맛있는지, 오늘은 어떤 반찬이 제일 맛있는지, 밥은 부족하지 않은지, 또 얼마나 잘 먹는지 꼭 확인하면서 머리를 쓰다듬어 주는 일이다.

가끔 버스 정류장에서 출근하려고 서 있는 사람들을 유심히 보게 된다. 어깨가 축 처져 땅만 보며 버스를 기다리는 사람은 100% 집에서 아침밥을 못 먹고 나온 사람이다. 그분들이 아침 출근해서 멋진 기획안을 작성해서 프레젠테이션을 할 수 있을 것이라는 기대는 하지 않는다.

아침밥을 먹게 되면 두뇌가 활성화가 되어 자연발생적으로 뇌 회전력을 좋게 하므로 반드시 아침밥을 먹고 출근해야 한다. 아침밥을 잘 먹고 출근하는 사람은 그만큼 출세할 확률도 높아질 것이다.

여성의 경제적인 활동의 증가로 여성의 시대가 되어버린 오늘날, 예전의 아버지들보다 요즘의 아버지들은 아버지의 권위가 밖으로 밀려난 느낌이다. 그래서 나는 부모교육을 할 때 예전보다는 대우받지 못하는 아버지들을 위해서 아침밥을 차려주고 식기 전에 가족들이 같이 밥을 먹자고 당부하곤 한다.

오랜 기간 숙성된 우리나라 전통 음식에는 된장, 고추장이 있다. 된장, 고추장, 국간장 등은 영혼을 살찌우게 하는 발효가 된 음식이다. 이렇게 좋은 먹을거리를 가지고 맛있게 밥을 짓고 보글보글 뚝배기에 끓여지는 된장국을 상상하며 오늘 저녁 식탁에 놓일 소중한 밥을 상상해 본다.

밥

두 사람이 마주 앉아 밥을 먹는다.

흔하디흔한 것.

동시에 최고의 것.

가로되 사랑이더라.

- 시인 고은 글 -

만경 성당

나의 고향은 '만경(萬頃)', 그곳은 유일하게 지평선을 볼 수 있는 전라북도 김제에 위치한 평야 지대로 대한민국의 주요 곡창지대였다. 만경강을 따라 비옥한 평야 지대가 될 수 있는 이유는 관개농업이 발달되었기 때문이다.

그 시절 관개농업의 발달로 저수지가 있었는데 초등학교 정문 앞에 위치해 여름 방학 때마다 물놀이하다가 두세 명의 학생들이 저수지에 빠져 죽었다는 소식을 개학이 되면 듣게 되었다.

저수지에서 물을 대어 농사짓는 데는 유익했지만 학교와 가까워 학생들에게는 물놀이 장소였던 것 같다. 지금은 멋진 호수가 되어 관광지로 탈바꿈되었다고 들었다.

일제강점기 때 비옥한 평야 지대인 만경은 김제, 부안, 고창, 정읍에서 나오는 물자들을 일본인들은 그 당시 나루터였던 만경대교를 지나 군산항으로 곡물을 수탈해 가는 통행로 마을 중의 하나였을 것이다.

다음은 안도현 시인의 《서울로 가는 전봉준(全琫準)》의 시에 나오는 '만경'에 대한 표현이다.

> 눈 내리는 만경 들 건너가네. 해진 짚신에 상투 하나 떠가네.
> 가는 길 그리운 이 아무도 없네. 녹두꽃 자지러지게 피면
> 돌아올거나
> 울며 울지 않으며 가는 우리 봉준이. (중략)

그곳 만경읍 만경리 334번지에는 작은 성당이 하나 있었다. 내가 일곱 살이 되던 해 겨울, 언덕바지에 위치해 있는 만경 성당의 성당 유치원에서 수녀님들이 일곱 살 아이가 살고 있는 집들을 방문하면서 유치원에 입학시키라고 홍보를 하고 다녔었다.

우리 집에 수녀님들이 찾아왔다. 나는 수녀님들 앞에서 엄마 치맛자락을 잡고 몸을 배배 꼬며 "난 유치원 안 갈 거예요. 난 학교 갈 거예요."라고 하였다.

육 남매가 있는 집에서 자랐던 나는 언니 오빠들이 이미 학교를 다니고 있었기에 학교에 가고 싶은 열망이 있었다. 그 당시 종갓집이었던 우리 집은 형편이 좋아졌기에 학문에 목말라하셨던 나의 어머니께서는 막내딸을 유치원에 보내고 싶어 하셨지만 일곱 살짜리

막내딸 고집에 그만 포기하셨다. 그리하여 유치원에 입학도 못 해보고 나의 고달픈 '학교 인생'은 일곱 살부터 시작되었다.

초등학교에 다니던 6년 내내 만경 성당 앞을 지나가야 초등학교를 오고 갈 수 있었다. 성당 앞을 지날 때마다 성당 유치원을 다니지 않았지만 마치 난 그 성당 유치원을 졸업한 것처럼 생각하며 학교에 다녔다.

어른이 되어 세계 곳곳을 힘닿을 때까지 누벼보겠다고 다짐하며 여행을 통해 알게 된 것은 그 나라를 대변하는 유명한 곳은 '성당'이었다는 사실이다.

여행을 하는 동안 유럽의 성당들은 그 나라의 오래된 역사를 말해주었고, 위대한 건축가의 건축양식을 알게 해주고, 종교를 이해하게 하고, 위대한 성인들이 수학하여 거대한 작품을 탄생시킬 수 있었던 장소라는 사실을 인정하게 되었다. 역사 속에서 수많은 전쟁을 치르면서도 웅장함을 고스란히 간직한 것은 성당이었다.

어쩌다가 그 당시에 수녀님들이 지도하였던 '성당 유치원에 다녔다면 내 인생에 어떤 변화가 있었을까?'라는 생각을 어린이집 원장 선생님이 되면서 하게 되었다.

태어나서 나의 첫 학교가 될 뻔했던 성당 유치원!

몇 년 전 초등학교 동창모임에서 한 남자 동창생은 "만경 성당 근처가 우리 집이었는데 하교 때마다 언덕바지에 있는 성당 앞을 지나가는 얼굴이 하얀 네 뒷모습만 한참씩 바라보았단다."라고 하면서,

너랑 친구가 하고 싶었는데 단 한 번도 말을 걸어보지 못했다고 하였다. 나는 이 말을 들으면서 잊고 있었던 '만경 성당'을 떠올렸다.

1889년(고종 26), 전라북도에 최초로 전주 성당이 세워졌다. 1894년 동학혁명 이후 가톨릭 선교가 자유로워지면서 지금의 김제시 금산면에 성당을 세운 것이 김제 지역 천주교의 시작이라고 한다. 이후로 1907년에 김제 수류성당이 설립되었으니 만경 성당은 그 이후가 될 것이다.

사진출처 - 김제시사편찬위원회

어린 시절 보아왔던 허름한 연초록 양철지붕의 '만경 성당'은 어쩌면 대한민국 일제강점기를 대변하는 종교적인 건물이었을 것이다.

천주교인들에게 성지순례 장소로 가끔 찾아지는 만경 성당은 2010년 개보수를 하여 지금은 옛 모습 하나 없는 현대식 건물로 변하였지만 그 당시의 '만경 성당'은 나의 유년의 시간을 기억하게 하는 추억의 장소였다.

아쉽지만 '김제시사편찬위원회'에서 남겨놓은 이 한 장의 사진이 남아 있어서 다행이다. 추석이 다가오니 아무도 계시지 않는 나의 고향, 만경, 고향 집이 그리워진다.

보광동 불빛

일곱 살 어린 소녀가 태어나서 처음으로 서울에 있는 이모님 댁에 꼬박 하루 걸려서 놀러 왔다. 아침부터 이종사촌 언니의 손에 이끌려 김제 만경의 조그만 시골 버스터미널에서 직행버스를 타고 익산역까지 가는 데 약 1시간 반이 걸린다.

익산역(그 당시 '이리역'이었다. 폭발 사고로 없어지고 지금은 '익산역'으로 명칭이 바뀌었다)까지 버스를 타고 와서 서울역을 향해 가는 기차로 갈아타고, 또다시 5~6시간 걸려서 겨우 서울역에 도착할 수 있었다.

그 당시에 서울에 살았던 이모님 댁은 보광동이라는 동네였다. 서울역에서 두 번 버스를 갈아타고 가면 이모님 댁에 도착한다.

빈혈이 심했던 일곱 살 소녀는 차의 기름 냄새에 위장이 뒤틀리고, 얼굴은 하얘지고, 땀은 송골송골 맺히고 낯선 거리에 몸속 깊숙한 곳에 남아 있는 음식들을 토해가면서, 겨우겨우 이모님이 사는 동네에 다다른다. 일곱 살 어린 소녀의 고단한 생애 첫 서울 나들이였다.

서울에 올라온 첫날 밤, 이모님 댁에서 저녁밥을 배불리 먹고, 방문을 열고 툇마루에 나와보니 눈앞에 별천지가 펼쳐져 있다.
"와! 불 봐! 이모!!!"
보광동 비탈진 곳 언덕 꼭대기쯤 위치한 이모님 댁(달동네였던 것 같다)에서 바라본 서울의 야경은 일곱 살 소녀에게는 그야말로 신세계였다.
태어나서 일곱 살이 될 때까지 살아온 사방을 둘러보아도 낮에는 지평선만 보이는 평야 지대, 유난히 밤이 더욱 캄캄했던 시골에서 살다 온 아이에게 보광동에서 내려다보이는 서울의 불빛은 일곱 살 어린 소녀의 눈에는 그야말로 장관이었다.

오늘날 뷰 차지(view charge)를 주고도 없어서 구입하지 못하는 위치에 있는 서울의 야경을 파노라마처럼 볼 수 있는 곳이었다. 일곱 살 어린 소녀의 서울 야경의 경험은 경이로움 그 자체였다. 요즘도 가족들이 모이면 그때 서울에 처음 상경한 촌년의 이야기가 심심찮게 회자되고 있다.
50년 전 어린 소녀의 기억을 더듬어서 래퍼를 위한 가사를 써본다. 작곡가 코드 쿤스트(코쿤)가 이 가사로 곡을 써주면 좋겠다는 생각으로 작성해 본다.

시골에서 친척집에 놀러 온 일곱 살 어린 소녀의 눈에 비친

보광동 어느 달동네,

이모네 집 툇마루에 서서 내려다보았던 서울의 그 화려한

불빛~

서울 첫 상경에 일곱 살 어린 소녀가 가슴 두근거리며 보

았던

보광동 어느 달동네,

이모네 집 툇마루에 서서 내려다보았던 서울의 그 화려한

불빛~.

그 불빛은 어린 소녀의 꿈이 되었지~.

도시는 화려하고 멋지고 원대한 꿈을 이룰 수 있는 곳~.

보광동 어느 달동네,

이모네 집 툇마루에 서서 내려다보았던 서울의 그 화려한

불빛~.

이곳에서 내 꿈을 이루고 살리라 다짐했던 순간이었지~.

그것은 일곱 살 어린 소녀의 희망이 되었고 꿈이 되었지.

보광동 어느 달동네,

이모네 집 툇마루에 서서 내려다보았던 서울의 그 화려한

불빛~.

6장

즐거운 시(詩)와 함께

나무와 해

- 글 김범수 -

"해야!"

"왜?"

"나는 어떻게 자라게 되었는지 아니?"

"몰라."

"나는 씨앗으로 뿌려져서 자라났잖아."

"해야!"

"왜?"

"너는 어떻게 생겨났는지 아니?"

"알아,

나는 옛날부터 쭉 여기에 있었어."

줄 끊어진 연

- 글 김범수 -

나는 줄이 끊어진 연입니다.

연은 심심했지요.

"아~ 심심하다. 재미있는 일 없을까?"

그때 구름이 다가왔습니다.

"나랑 놀자."

그래서 우리 둘은 친구가 되었습니다.

친구가 있어서 참 좋다.

※ 슬플 때 위로해 주고, 기쁠 때 함께 좋아해 주는 친구가 있으면 살면서 든든한 힘이 된다.

연은 줄이 끊어져서 두렵고 무서웠을 텐데 다행히 구름을 만나 친구가 되어줘서 위안이 되었겠다.

연처럼 생각지도 못한 위험한 상황과 맞닥뜨리게 인생이다.

친구가 있어서 옆에서 든든한 지원군이 되어주기도 한다.

친구는 가족과도 같은 존재라고 한다.

친구 사이에도 예의를 지키면서 우정을 나누는 진지한 태도가 중요하다.

새로 산 시계

- 글 김범수 -

나는 새로 산 시계랍니다.
"멋있죠?"
나는 황금으로 만들었답니다.
번쩍번쩍 빛이 나요.
밤하늘 별님 같아요.
"멋있죠?"

※ 둘째 아들의 일기에서 발췌한 〈새로 산 시계〉라는 동시다.
   엄마는 새로 산 시계보다 네가 더 멋지다.

태권도 도복

- 글 김명수 -

태권도 도복을 새로 구입하였다.

기분이 좋았다.

새로 산 도복을 입어보는 순간

태권도 도복은 시원했지만 점차 체온 때문에 따뜻해졌다.

태권도 시간에는 도복을 입고 바른 자세로

태권도의 기본자세와 기본 기법을 익혀야 하기 때문에 새 도복을 구

입하였다.

새로 산 도복을 입고 태권도를 할 생각으로

기대가 된다.

예의로 시작해서 예의로 끝나는 태권도의 기본자세는 청결한 도복

으로부터 시작이다.

품새와 겨루기 등의 기본기가 중요한 태권도,

태권도의 동작의 원리와 기법들을

배울 생각에 늘 설렌다.

유단자가 되는 그 날까지

"준비."

※ 큰아들의 초등학교 일기에서 발췌한 〈태권도 도복〉에 관한 글을 읽으면서 태권도 입문 단계에서 태
  권도를 임하는 자세가 이토록 진지하고 근엄했다는 사실을 알게 되었다.
  아이들은 어른이 무시할 대상이 아니라는 것을 새삼 느끼면서 좀 더 존중해 주지 못했던
  지난날들을 반성해 본다. 아들! 미안해.

용돈으로 산 축구공

- 글 김범수 -

오랫동안 모았던 용돈으로 축구공을 샀다.
축구공을 가지고 놀이터로 나갔다.
나는 친구들과 재미있게 축구를 하였다.

패스, 해트 트릭, 핸들링, 패널 틱,
프리킥, 오프사이드, 골인 등
발재간이 뛰어난 친구들과
수비와 공격을 하면서
엎치락뒤치락 땀 흘리며
나는 친구들과 재미있게 축구를 하였다.

오랫동안 모았던 용돈으로 산 축구공이
하루 만에 바로 낡아버렸다.

즐겁게 축구를 하였지만 아쉬웠다.

피아노가 노래한다

- 글 김범수 -

빗방울 소리, 어린이집 처마 밑에 비가 왕창 내린다.
빗방울 떨어지는 소리가 참 특이하였다.

후두둑 후두둑 똑똑똑.
후두둑 후두둑 똑똑똑.

쏴아아 아 쏴아아 아.
쏴아아 아 쏴아아 아.

너무 특이하였다.
마치 피아노가 노래를 하는 것 같다.
이처럼 아름다운 노래를 하는 피아노를 미래가 오면 팔까?
이렇게 아름다운 노랫소리를 들려주는 피아노를 살 수 있으면 좋겠다.

새와 구름

- 글 김범수 -

새는 하늘을 날고 있었다.
구름이 다가와 인사를 한다.

"안녕! 새야."
새도 인사를 한다.
"안녕! 구름아."

새와 구름은 서로 친구가 되어
하늘을 함께 날고 있다.

둥실 둥실 까르르 까르르.
둥실 둥실 까르르 까르르.

덩실 덩실 꾸르르 꾸르르.
덩실 덩실 꾸르르 꾸르르.

맛있는 과일

- 글 김범수 -

우리는 맛있는 과일이랍니다.

"먹음직스럽죠?"

포도, 바나나, 파인애플, 사과, 오렌지, 배, 귤, 수박 등

우리는 바구니 안에서 즐겁게 지내요.

"푸짐하죠?"

여기에서는 포도가 최고랍니다.

"나를 선택하세요."

여기에서는 포도가 최고랍니다.

부활절 계란 콘테스트

- 글 김명수 -

오늘은 부활절이다.

지난주 교회에서 '초등부 부활절 계란 콘테스트'를 하였다.

친구들과 함께 부활절에 사용되는 계란을 열심히 만들었다.

반별 대항전이라서 더욱 재미있었다.

나는 수염 달린 아빠를 만들어 보기로 하였다.

엄마를 맡은 친구들, 아기를 맡은 친구들, 또한 애완동물을 맡은 친구도 있었다.

모두 완성하고 예배를 드렸다.

오늘 예배 중에 얼핏 들었는데 우리 반이 1등을 하였다고 한다.

다음 주일날에 우리 반은 선물을 받을 수 있을 것이다. 크 크 크.

오리고기

- 글 김명수 -

오늘은 주일날이다.
교회에서 예배가 끝나고 가족과 함께 오리고기를 먹으러 갔다.
쫀득쫀득하니 맛있었다.
고소한 것이 땅콩 맛이다.

오랜만에 오리고기를 맛보는 것 같다.
1년 전에 먹어보고 올해 처음 먹는 것 같다.

다음 주일날에도
예배가 끝나고 점심 먹으러 가면
오리고기를 또 먹고 싶다.

우리 엄마의 봄날

- 글 김명수 -

오늘은 쌀쌀한 2월의 마지막 날,
내일은 따뜻한 봄이 오는 3월의 첫째 날이다.

내일은 오늘보다 무엇이든 더 잘해야겠지?
새로운 학기가 시작되어 내 마음속에 드는 생각이다.

따뜻해지는 3월의 첫째 날,
두꺼운 옷은 벗고 가벼운 봄옷으로 갈아입어야지
그리고
엄마 마음을 봄날처럼 따뜻하게 해줘야지.

무용 시간

- 글 김명수 -

학교에서 무용을 하였다.
무용은 재미있고 아프면서도 시원하다.
유연성을 기르기 위해서 아파도 참아야 한다.

다리 찢기 할 때는 비명을 질렀다.
생각처럼 쉽게 다리가 찢어지지 않았다.
무용 선생님께서는 내 옆에 오셔서 등을 누른다.
다리를 벌리고 골반을 서서히 열어주라고 한다.

으악!
그만 비명을 지르고 말았다.

그러나 예수님의 고난을 생각해 보면 별로 아픈 것 같지는 않았다.
예수님의 고난을 생각하면서
다음에 다리 찢기 할 때는 비명을 지르지 말아야겠다.

※ 초등 저학년 시절, 무용시간에 예수님의 고난을 다리 찢기 동작을 하면서도 생각하였구나.

　사회생활하는 지금도 가끔씩 예수님의 고난을 생각하면서 살고 있는지?

　그런데 요즘은 왜 교회를 나가지 않는지?

소묘

- 글 김명수 -

학교에서 미술 수업이 있는 날이다.
오늘은 소묘의 마지막 시간이다.
소묘는 사물 중 하나를 골라서 사방의 빛을 감지해서 입체적으로
그림자와 함께 그리는 활동이다.

나는 너무 소묘를 하는 일에 집중해서 하느라 시간 가는 줄도 몰랐다.
정말 재미있었다.
친구들은 내가 그린 작품을 보고 평가를 한다.
내 작품이 제일 멋지다고 칭찬을 한다.

나도 내 그림이 마음에 들었다.
다음 미술 시간에도 소묘를 하게 되면
내가 원하는 작품을 집중해서 세밀하게 묘사하고 싶다.
내가 미술에 정말 소질이 있는 것은 아닐까.

바이올린 수업

- 글 김명수 -

오늘은 음악 시간에 바이올린 수업이 있는 날이다.
그런데 집에서 바이올린을 가져오지 않았다.

엄마가 잘 쓰는 말 중에서
전쟁터에 나가면서 무기를 두고 나온 것이다.
쉬는 시간에 얼른 동생 반에 가서 동생의 바이올린을 빌려왔다.
그래서 동생의 바이올린으로 수업을 하였다.

'휴~ 겨우 살았다.'
내 동생 바이올린이 있어서 다행히 선생님께 야단맞지 않았다.

오늘 수업 내용은 '주먹 쥐고 손뼉 치고'였다.
내가 잘 아는 노래인데 연주가 엉망이 되었다.

내 것이 아닌 동생 것으로 하니 연주가 잘되지 않았다.
악기 연주도 자기 몸에 맞는 악기를 사용해야 연주가 잘되는 것 같다.
다음 악기 수업이 있는 날엔 바이올린을 잊지 않고 잘 챙겨가야겠다.
오늘 악기 수업은 아쉬움만 남았다.

날마다
아이를
파는 여자

초판 1쇄 발행 2022. 11. 4.

지은이 남궁인숙
표지그림 김지연
펴낸이 김병호
펴낸곳 주식회사 바른북스

편집진행 김주영
디자인 최유리

등록 2019년 4월 3일 제2019-000040호
주소 서울시 성동구 연무장5길 9-16, 301호 (성수동2가, 블루스톤타워)
대표전화 070-7857-9719 | **경영지원** 02-3409-9719 | **팩스** 070-7610-9820

•바른북스는 여러분의 다양한 아이디어와 원고 투고를 설레는 마음으로 기다리고 있습니다.

이메일 barunbooks21@naver.com | **원고투고** barunbooks21@naver.com
홈페이지 www.barunbooks.com | **공식 블로그** blog.naver.com/barunbooks7
공식 포스트 post.naver.com/barunbooks7 | **페이스북** facebook.com/barunbooks7

ⓒ 남궁인숙 , 2022
ISBN 979-11-6545-905-5 03810